青い棘のジレンマ

悠木シュン

双葉文庫

青い棘のジレンマ

いまだに悪夢にうなされるのは、あの事件のせいだってことはわかるのに、いつまで経っても反省することができないから、わたしはこの先ずっと大人になれないのだろう。物理的にではなくて本質的な意味で。いわゆる、ちゃんとした大人ってやつにはもうなれない。だけど、反省なんかしたらあいつはわたしに幻滅するんだろうな。

絶体絶命のピンチを共に闘った、たった一人の仲間は、「痛みの代償に金払え」って言いながら、あのビー玉みたいに冷たい瞳でわたしを見下ろすんだ。その瞳の奥に潜む闇に触れたら最後、恐怖に震えるわたしを嘲笑いながら、こっちにおいでと手招きしてとんでもないところに連れて行く。この世界は、取り返しのつかないもので溢れているということを教えてくれたのもあいつだった。

真実を知ることは、とても残酷で虚しい。覚悟がないなら、知らない方がいい。

絶叫マシンで急降下するときに覚える、みぞおち辺りのもぞもぞしたなんとも言い表しようのない感覚と似ている。

わたしたちは悪くない。そう何度も自分に言い聞かせてみたけれど、やっぱり罪悪感ってやつは残る。

そして、夏が来るたびに思い出す。

——ミゴロシ。

＊

「動機って、それだけ？」

担任でバトン部顧問の山田広子先生が、呆れたように訊いてくる。

広子先生は、なぜか動機にすごくこだわる。今までに部活をやめていった子たちも退部するのに苦労したと聞いていたけど、その通りだなと今つくづく思う。

「動機ってそんなに大事ですか？」

「そりゃ、そうよ」

鋭い眼光でわたしを睨み、ぐっと眉間に力を入れて説教たれてるけど、この人自分の状況わかってんのかな。

広子先生は、今年三十五歳の国語教師で、年の割にはなかなかの美人。女子目線で言えば、恰好や仕草がちょっと乙女チックで痛々しいけど、年配の男の先生からは人気があるらしい。なんで結婚してないいんだろう？　という保護者からの疑問の声が本人の耳に届いていたかはわからないが、先日できちゃった結婚を発表し、周囲を驚かせた。夏休み前の浮かれ気分真っ盛りな中学生には、なかなかの衝撃だった。あんなに堂々と勝ち誇ったような顔で報告されたら、誰だって面食らう。自分の行いを肯定したくてそうしているのか開き直りかわからないけれど、あの態度は教育者というより女のそれだった。授かり婚とかおめでた婚なんて体のいい言葉があるけれど、それをすんなり受け入れられるほどわたしたちは子供じゃない。

相手は同じ学校の教師というから、色々とめんどうなことになっている。今年赴任してきたばかりの美術の先生で、広子先生より七つも年下ときた。丸顔で色白のぽっちゃり体形の佐々岡（ささおか）先生は、とっても汗っかきでいつもハンカチを握りしめている。うわさによると、二人に交際期間はなく、酔った勢いでやってしまって、あららという感じでできちゃって、さあどうしましょうとなり、なんだかんだあった末、バタバタと入籍するに至ったという。だがその実、完全に広子先生の狙い撃ち。お酒の席で誰かがぽろりと漏らしたらしい。「佐々岡先生のご実家、資産家なんだって」と。

こういう内情って、どこから漏れるんだろう。内輪だけにしておけばいいのに、わたしたちの耳にまで嫌でも入ってくるのは、やっぱり社会の情報化が進んだからかな。いや、田舎特有の情報網だろう。プライバシーなんてあったもんじゃない。

それに、わたしたちは赤ちゃんがどうやって作られるか知っている。小学生のころなら、素直に「おめでとう」と言えたかもしれない。だけど、もう純粋だったあのころには戻れない。だって、わたしたちは知ってしまったから。生殖を目的としないセックスの方が断然多いことを。

出産予定日の関係で、年内いっぱいで産休に入るらしい。

つまり、わたしたちの卒業を見届けることはできないってわけ。

「とにかく、今やめるのはもったいないわ」

「何がもったいないんですか？」

「これまでやってきたことをたくさんの人に見てもらえるチャンスなのよ」

「だから、それがイヤなんです」

大声を出したせいで、他の先生の注目を集めてしまった。

「わからないわ。じゃ、なんのために今まで練習してきたの？」

広子先生がため息交じりに訊いてくる。

「べつに、誰かに見せるためにやってきたわけじゃないんで。テレビに映るとかマジで勘弁です」

声のトーンを落とした。

「あなただけに密着して撮影するわけじゃないのよ」

「でも、絶対映らないとも限らないじゃないですか」

「それはなんとも言えないけど、この時期にやめるって、なんか途中で放棄するみたいでイヤじゃないの?」

「全然」

広子先生が言い終わらないうちに、被せ気味にきっぱりと言いきる。

三年になってようやくわたしが求めていた〝がんばらない部活〟ができるようになった。義務化されていたストレッチも三年になってからはやらなくていいし、休みたいときは自由に休めるし、メニューだって自分たちで勝手に決められる。そんな浮かれ気分を蹴散らすくらい絶望的なことが、おととい発表された。

今年のバトントワリングコンクールを密着取材させてほしい、と地元のテレビ局に頼まれたというのだ。わたしはそれが嫌で、「退部させてほしい」とお願いした。

毎年七月の終わりに、吹奏楽部が出場するマーチングコンクールと並行して行われるバトントワリングコンクールが、わたしたちバトン部三年生の引退試合となっている。優勝常連校でもない田舎の弱小バトン部なんて、技のクオリティーも低ければ部員のモチベーションも低い。その一部始終を密着取材したいなんて、こちらにとっては大変な名誉であるどころか迷惑なことだ。お涙頂戴青春ドキュメント的な感動シーンを撮りたいのはわかるけど、そんなものうちの部には荷が重すぎる。

「もっと、納得のいく動機ならいいんだけど」

正直に本当の理由を話したところで、この人にはわからないだろう。女を武器に生きてきたような人には。

「じゃ、先生はちゃんとした動機があって結婚したんですか?」

「今は、その話関係ないでしょ。だいたい、結婚は動機とかそういうことじゃないから」

「答えてください」

「それは、その……相思相愛ってやつよ」

「赤ちゃんができたからですよね? あ、ちがった。佐々岡先生がお金持ちだから。まあ、納得のいく動機だと思います」

ジャリジャリジャリジャリジャリジャリジャリジャリジャリジャリジャリジャリ。

ポケットに手をつっこみ、指先だけに意識を集中させた。袋の中で砂と化したちんすこうを更に細かくつぶしていく。この手触り、イライラを抑えるのにちょうどいい。

先週末、友人の結婚式で沖縄に行ってきたという広子先生は、クラス全員にお土産のちんすこうを配りながら、妊娠したせいで予定していたマリンスポーツ全部がダメになったことを嘆いていた。

わたしは、こんなことを気安く生徒に話す先生も、砂に砂糖を混ぜて固めたようなお菓子も好きじゃない。

「今、あなたにやめられたら困るから」

「じゃ、どんな動機なら納得してもらえるんですか?」

「とにかく、もう一度よく考えて」

「密着取材を断ってくれるなら、考えなくもないです」

「もう、それは決まったことだから」

「じゃ、わたしの気持ちも変わりません」

「どうしてよ。他の子たちはあんなに張り切ってるのに。あなただって、最後にみんなといい思い出作りたいでしょ?」

「いい思い出を作りたいのは、先生でしょう」

「……」広子先生は、またため息をつく。

「もう、いいですか。昼休み終わっちゃうんで」

くるっと、体を反転させた。

「あっ、あと、志望校のことなんだけど」

「またその話ですか」

「他県の高校を受けたいっていうのが悪いって言ってるんじゃないの。そこに、あなたのやりたいことか目的とか、そういうのがあるのかがよくわからないから」

「また動機？　それは、こないだ説明した通りです」

他県の高校で受験できる学校が、そこしかなかったからだ。推薦でも特待生でもなく、一般入試を認めている学校を見つけるのには苦労した。広子先生には、制服が可愛いからと言ったら呆れられた。

「三者面談のときにもう一度訊くわ。親御さんの前で、ちゃんと納得のいく動機が言えたら、許可します」

広子先生は、深いため息をつきながら、水筒のお茶を飲んだ。変な漢方薬みたいな匂いがした。目で、わたしにもういいよと合図すると出口の方に視線を移し、誰かに向かって手招きをしている。

クラスメイトの海月慶人（うみづきけいと）が職員室の扉にもたれるように立っていた。柔らかそうな天然パーマと色白で華奢な体が、ナヨナヨしていてクラゲみたいと他の男子にからかわれている。身長はわたしより少し高いくらいだろうか。背中を丸め、顔を隠すように歩いているので、実際はもっと高いのかもしれない。名は体を表すって言うけど、本当に海月(クラゲ)っぽい。大人しくて、ぼーっとしていて、なんかふわふわしていてつかみどころがない感じ。しゃべったこともないから、どんな声をしているかも知らない。みんながクラゲって呼ぶから、わたしもそう認識しているだけ。

広子先生に一礼し、くるりと背を向け出口に向かって歩きだした。だるそうに入ってきたクラゲとぶつかりそうになる。右へ行こうとすると彼も同じ方へ行き、左へ避けようとすると彼も同じ方へ避ける。イライラして思わず、睨んでしまう。

初めてクラゲを至近距離で見た気がした。前髪の隙間から、わずかに伏し目がちの瞳が見える。長い睫毛(まつげ)とうっすらと生えた口周りのヒゲがミスマッチだった。

わたしの名前は小笠原幸(おがさわらさち)、現在受験を控えた中学三年生。夢は、ちゃんとした大人になること。その定義はすごく曖昧(あいまい)で確固たる形がないので、そういう漠然とした言い方になってしまう。世の中には、選べる人間と選べない人間の二種類がいて、わたしは選べる側の人間になりたいと思っている。好きなものと嫌いなもの、やりたいこととやりたくないこと、大事な人と大事じゃない人。ちゃんとした大人になるために必要なものは多すぎる。お金、学歴、経験……。それは、ここではないどこかに出て行かなければ手に入らない。絶対に。

わたしの住む町は、福岡県の最南端にある大牟田市というところで、人口減少率と高齢化率が高く、年々過疎化が進んでいる。福岡市内へ行くよりも、熊本市内へ行く方が近く、福岡市内のど真ん中に住んでいる人からしたら、大牟田市なんてほぼ熊本という認識の方が強い。自転車で十五分も飛ばせば、熊本県との県境に行ける。周りはのどかな田んぼや畑ばかりで、十代の女の子が心ときめく場所や物は皆無に等しい。わたしが小学生のときにでっかいイオンモールができたけど、毎週のように通っていたので飽きてしまった。

厳密に言うと、わたしはこの町の住人であってよそ者である。家が、飛び地と呼ばれるところにあるからだ。一見、地図上では福岡県大牟田市の中にあるのに、住所は熊本県荒尾市になっている。大昔の水路にまつわる領土問題が原因だと社会の時間に習った。そのことを友達に話すと、おもしろがって家に遊びに行きたいと言ってくれるけど、来てみたところで見た目には何も変化がないから拍子抜けして帰る羽目になる。小学校も中学校も大牟田市の学校に通っているため、熊本県民という意識はあまりない。

わたしが小学五年生のときに両親が離婚した。お父さんとわたし宛の二通の手紙を残してお母さんは家を出て行った。そのときの気持ちを表したかのように潔すぎる真っ白い便箋には、ひとことこう書いてあった。

『嫌なことはすべて忘れて、幸せになりなさい』

まるで、ひどい母親の記憶なんか忘れてしまいなさいと言っているかのようだけど、お母さんが伝えたかったのはそういうことじゃない。あのことだ、とすぐにわかった。お母さんとわたしだけの秘密。絶対に誰にも言うな、という脅迫と同じ。

優しさが微塵も感じられないその手紙を、わたしは今も大事に持っている。寂しい、なんて一時的な感情でお母さんを恋しがったりしないためのお守りとして。わたしを守ってくれなかったお母さんをいつまでも忘れないための戒めとして。

一方、鈍感なお父さんはお母さんが出て行ったことについて、いつまでもはっきりした原因がわからない、と周囲に嘆いていた。おじいちゃんもおばあちゃんも一緒になって首を傾げていたけど、お母さんはずっとサインを出していた。「私の人生こんなはずじゃなかった」それが口癖だったのに、お父さんは全く気づいていなかった。お母さんの気持ちにお父さんが気づいてやれていたら、あんなことは起こらなかったかもしれない。

＊

小学五年生の夏の日に遡る。お母さんがまだ家にいたころは、今ではちょっと考えられない、うちだけのルールというものが存在した。友達の家に行くことも友達を家に呼ぶことも禁止されていたのだ。他人の家へ行ったとき、きちんと挨拶ができるか、靴を並べることができるか、いただいたものに対してお礼を言うことができるか。子供の評価は親の評価に直結するのではないかというお母さんの懸念。

いや、自分のしつけに自信がなかっただけなのだろう。友達を呼んではいけないというのは、常に完璧でありたいという見栄からくるもので、お母さんがスッピンであろうが少々部屋が散らかっていようが、わたしにはあまり関係のないことだった。遊ぶなら外、もしくは学校で出入りが許されている施設やお店に限る。

もちろん、テレビもお母さんが見ていいと許可した番組しか見ることはできなかった。チャンネル権がわたしにはなかったのだ。お母さんが見るのは、たいてい男女の色恋沙汰がメインのシリアスなドラマばかりで、気になる歌番組やアニメは誰もいないときにこっそり見るくらいしかできなかった。

そのせいで、わたしは両親が寝静まった夜中に起きて深夜のバラエティー番組や映画を食い入るように見ていた。今でも夜中になると、そわそわしてしまう癖が抜けない。当時は、みんなが見ているようなテレビ番組を見ていないので学校ではいつも話題についていけなかった。だけど、見ていないとは言えず、なんとなく知っている情報をうまくつなぎ合わせて、なんとか輪からはみ出さずに過ごせた。

夏休みに入っても、ルールを破ることができないわたしは、ただ家でぼーっと過ごすだけ。決まった日時に学校のプールへ行く以外、友達と会うことはほとんどなかった。まだ、スマホなんて持っていなかったし、友達と連絡を取る術がなかったのだ。

そんな中、二週間に一回のペースでお母さんに連れられて行く公園があった。電車とバスを乗り継いでの、全く土地勘のない場所へのお出かけは、わたしをワクワクさせた。時間にして三十分もかからない場所だから、そう遠くはなかったはず。歩いて五分もしないコンビニへさえ車で移動するのに、どうしてわざわざ電車やバスを使ったのか、今ならわかる。この町は狭すぎるから。車種や色、ナンバーから、誰がいつどこにいたのかすぐにバレてしまう。お母さんは、誰にも見つかってはいけないことをしていたのだ。わたしを連れて行くのは、お父さんに見つからないため、怪しまれないためのカムフラージュだったと気づいたのは、随分あとになってからだ。

お母さんは、コンビニで買った辛子明太子おにぎりとお茶をわたしに渡すと、ちょっとだけ待っててねと言ってどこかへ行ってしまう。辛子明太子おにぎりは、わたしの大好物だった。二、三時間待たされるときもあれば五、六時間のときもあったけど、家の近所にはない大きなアスレチックや珍しい遊具で、知らない子たちと遊ぶのはとても楽しかった。お昼時になると、みんな一旦お母さんやお父さんに連れられて帰って行く。一人ぼっちになったわたしは、遊具を独り占めできる優越感よりも、寂しさの方が強くなっていた。

そのとき、知らない男に声をかけられた。おじさんというよりは、お兄さんという感じ。ちょっと爽やかな感じがわたしを油断させた。

「お母さんが迎えに来るまで、ドライブでもしない?」なんでそんな怪しい男について行ったのかとあのときの自分を咎めたいけれど、あのときのわたしは深く考えることもなくついて行ってしまった。

車は、白だったということ以外覚えていない。車種もナンバーも記憶していない。どこにでもありそうな普通の白い車の後部座席に乗せられて、知らない町をドライブした。スピーカーから流れてくるのは叫ぶような喚くような激しい英語の曲。

男は、機嫌よさそうに鼻歌を歌いながらルームミラーでわたしをチラッと見て微笑んだ。車の運転は少し荒くて、信号が黄色から赤に変わりそうなギリギリのところではアクセル全開で進むし、曲がり角も速度は落とさないで勢いよく進む。わたしはちょっと興奮気味で、シートにしがみつきながらドライブを楽しんだ。

わたしの住んでいる町とよく似た町並みが続く。密集した住宅街や広い駐車場のあるコンビニ、閑散とした商店街、市街地を抜けると田んぼや畑が広がる田舎町。しばらくすると、男はコンビニに立ち寄り、大量の食べ物や飲み物を買い込んだ。車に戻ってくるなり「なんか、食べる？」と袋の中身を見せてきた。おにぎりやサンドウィッチ、お菓子などが入っていた。わたしは、その中からソフトクリームを選び、ありがとうと言って舐めた。渇いていた口がひんやりと湿っていくのと同時に、わたしは完全に男をいい人だと受け入れてしまっていた。

「何歳？」「名前は？」「家はどの辺り？」わたしは、会ったばかりの男にペラペラと自分のことをしゃべった。「あのね、お母さんがね……」なんて訊かれてもいないことまで上機嫌でしゃべり続けた。男は優しく「そっか。さっちゃん、辛かったんだね」とわたしの頭を撫でた。

車は、古びた民家がまばらに建つ細い道へと入って行った。農機具が家の前に置いてあるような寂しい場所で、ひとっこ一人歩いていなくて静かだった。車から降りると、男は一軒の民家に入って行く。玄関のガラス戸の前には、束ねた新聞紙が山積みになっていた。

男は、こっちに来てと手招きをし、家とブロック塀の間を歩いて行く。背の高い雑草と大きなガスボンベが行く手を阻む。壊れた自転車や割れた植木鉢が放置されていて、この家の住人のだらしなさを物語っているようだった。

必死になってついて行くと、家の裏手にある離れのようなプレハブハウスに通された。男が土足のまま部屋に入ったので、わたしも靴は脱がずに入った。二匹の猫がわたしを警戒するようにうみゃーと鳴いた。中は意外に広く、流し台やトイレもあった。家の周り同様に部屋も散らかっていて、テレビで見たゴミ屋敷を思わせた。箪笥（たんす）やベッドの上に段ボールや布団や雑誌などが無造作に積まれていた。食べかけのカップ麺やペットボトルもあちこちに散乱していた。猫用のトイレから漂う悪臭に思わず顔をしかめた。古いＣＤコンポと小さめの机が真ん中に置いてあって、そこだけが唯一、腰を下ろせるスペースだった。

男は、買ってきたものを机の上に置くと「好きなもの食えよ」と勧めてきた。お腹はすいてなかったけれど、目の前に置かれたものを黙って食べることにした。大音量で音楽が鳴る。車の中で流れていた英語の曲だ。叫ぶような喚くような激しめの曲がほとんどだったけど、時折ゆっくりとしたバラードが流れる。その瞬間だけは、わたしの心を落ち着かせてくれた。

「いい曲、ですね」何かしゃべった方がいいような気がして、敬語で話しかけてみた。

「これ歌ってるの、全部日本人なんだぜ」

「へー。外国人が歌ってるかと思いました」

「まあ、初めて聴くやつはだいたいそう思うよな」

ぎこちないやりとりが続く。全然、ご飯が喉を通らない。

「あ、でも一つだけ日本語が入ってる曲ありますよね。わたしはそれが一番好きです」

「よーく聴いてみろよ」だらしなく笑うと、わたしの頭を撫でた。

男の顔も声も交わした言葉も、はっきりと覚えている。

男は、ご飯を食べ終わると無言で立ち上がり、わたしの真横に座った。男が触れた皮膚がぞわぞわと粟立つ。わたしの首筋を嗅ぐと、身体中を吸い込むように鼻を押し付けてきた。

「あ、イヤだ」と思ったときはもう遅かった。恐怖で動けなくなったわたしの体をベタベタと触り始めた。「やめて」絞り出した声に反応してニヤリと笑う。「大声出してもいいよ。誰も来ないから」そうやって男は、気が済むまでわたしの体を触った。人は悪いことをするとき、無理やり笑顔を作るんだなと悟った。

「助けてください」わたしは、泣きながら神様に祈るような気持ちで言う。そして、男がちっと舌打ちをしてベッドの脚を軽く蹴った。埃(ほこり)が舞って、男が大袈裟(おおげさ)に咳をする。そのとき、無造作に積まれた布団の中から人間の手がだらりと落ちてきた。ヒッと声をあげたわたしの顔を見た男がニヤリと笑い、布団を剝ぎ取った。見ろ、という感じで。

そこには、身体中のあちこちが痣だらけの子供が横たわっていた。同い年くらいだろうか。もしかしたら、わたしより小さいかもしれない。皮脂や汗にまみれてべっとりと顔に張り付いた髪。白い肌に模様を施したような鮮やかな斑点。細い手足は、触れればすぐに折れてしまうのではないかと不安にさせた。タンクトップがめくれ上がり、背中が丸見えになっている。申し訳程度に当てられたガーゼからはみ出た傷が痛々しくて直視できなかった。

「お水をください」かすれた声と共に細く白い手が伸びる。男は、まるで何も聞こえなかったかのようにトイレに入って行った。その隙に、コンビニの袋からミネラルウォーターを取り出し、キャップを開けてやると、その子に手渡した。肩ほどまである髪の毛の隙間から、ピンク色の唇が現れる。ぐびぐびっと音を立て、勢いよく喉に流し込んでいく。首筋をこぼれた水がつたい、すーっと白い線ができる。やせ細った姿を見て、もしかしたら何も食べさせてもらっていないのではないかと心配になり、声をかけた。とりあえず、袋の中のものを適当に取ってその子の手元に置いた。

男がトイレから出てくるなり、「そいつに構うな」と冷たく吐き捨てた。

咄嗟に「逃げなきゃ」と思った。どうにかしてここから脱出しないと、わたしも同じ目にあうのではないかと恐怖が襲った。男のイタズラを拒んだら、暴力を振るわれ、食べるものも飲むものも与えられずに放置される。殺されたらどうしよう。体が震えた。何度も諦めそうになった。そのたびに、わたしの心はポキンと折れる。コメカミの辺りで弾けるような音がした。

落ち着け落ち着け。考えろ考えろ。変質者について行くなとか、こういう人には気をつけろなんて教えてくれるのはありがたいけど、いざ捕まってしまったときにどうしたらいいかなんて誰も教えてくれなかった。ちゃんと学校で教えてよ。そんなことを呪うくらいには頭は冴えていた。

ＣＤコンポに表示されている時計は壊れていて、0:00から動いていないことに気づいた。流れてくる英語の曲は、全部で十一曲。日本語の入った曲は十曲目。一周回ったら、だいたい一時間とカウントする。

三周目に入ったころ、男はまたわたしの体を触り始めた。目をつぶって、ひたすら体を石のように硬直させて耐えた。何も感じない、ただの石像になったつもりで。男を怒らせてはいけない、と。男は、カゼをひいているようで、何度も咳をしていた。苦しそうに顔を歪めると、一瞬だけ体から手が離れる。

徐々に、ここから出ることを考え始めた。部屋を見回して窓から逃げられないかと考えたけど、すぐに無理だと気づいた。ゴミの山を避けて窓まで行けたとしても、外には面格子が取り付けられている。猫用の出入り口は狭すぎる。つまり、出口は一つ。入って来たドアからしか逃げることはできない。そこで、次に男がトイレに行く一瞬がチャンスではないかと考えた。じっとそのときを待つ。

男がトイレのドアを閉じた瞬間、わたしは出口を目指した。あまりに勢いよく立ち上がったせいで、足がもつれて転んでしまった。必死に這うように出口へ向かう。そこで、水の流れる音がした。わたしは、焦った。早くしないと男が出てくる。ふらつきながらも立ち上がり、体を前に動かす。ドアノブに手をかけた瞬間、男が「おい」と叫んだ。一瞬振り返って男の姿を確認すると目をつぶり、もうダメだと諦めた。体がぎゅっと固まって、またポキンと心が折れた。

「早く……行って……」

かすれた声がして目を開けると、痣だらけのあの子が必死に男の足にしがみついていた。迷っている暇はなかった。わたしは、ぎゅっと唇を噛んで外に飛び出した。背後で大きな音がしたけど、後ろを振り返らずに必死に走った。足に限界がきて振り返ってみると、男の姿はなかった。助かった、と安堵する。

もう、外は薄暗くて、橙色の街灯が人気のない道を照らしていた。大通りに出て、ようやく交番を見つけて駆け込んだものの、何も言うことができずにただ泣いていた。

「どうしたの?」おまわりさんの言い方が少し冷たかったからかもしれない。その人がちょっと怖い顔をした男の人だったからかもしれない。この人に、さっきあったことを話しても信じてくれないような気がした。いや、大人の男の人が怖かった。何をされたのか、言えなかった。言いたくなかった。

しばらくして、おまわりさんにお母さんの携帯番号を教えた。お母さんは、すぐに来てくれた。とても心配した優しい母親の顔をして。わたしは、ただの迷子として扱われ、お母さんと一緒に交番を出た。

帰り道、わたしは一人置き去りにしてしまった痣だらけのあの子のことを思っていた。助けてあげる余裕も、一緒に逃げてあげる余裕もなかった。だけど、ずっと気になってしかたがなかった。わたしが過ごした数時間の出来事は事件として騒がれることもなく、元の生活に戻った。

その後、近くで行方不明の子供がいるという情報も、殺されたという情報も、わたしの耳には届いてこなかった。あの子は、無事だったのだろうか?

「ねえ、お母さん……」

数日後、全てを打ち明けるとお母さんはひとこと「忘れなさい」と言った。それからしばらくして、お母さんは家を出て行った。あの手紙を残して。

＊

図書室の扉を開けた。窓側にある自習机のうち、一カ所だけ二人用になっているカップルシートみたいな席がわたしたちの指定席だ。すっと椅子を引いて「ただいま」と声をかける。

「広子先生の話ってなんだったの？」

同じバトン部でクラスメイトの水沢志帆が振り向きざまに訊いてきた。

「志望校のこととか」つい、語尾が小さくなる。

「ああ、それね。なんて言われたの？」

まだ、志帆に部活をやめることは伝えていない。ずっと、そのタイミングを見計らっている。

ちなみに、彼女が部長をつとめている。成績優秀で芸術面においても多才。性格は真面目で品行方正な良識人で学級委員もやっている。小学校のころからずっと、というから筋金入りの優等生だ。大柄で声が低くて滑舌が悪いことを気にしているけど、わたしは一緒にいてそれがとても心地いい。短いパッツン前髪に低めのポニーテールと、赤い細フレームのメガネがトレードマークで、ちょっとテンパるとフレームをぐいぐいっと持ち上げる仕草が可愛い。

うちの中学は、全校生徒三百人にも満たない小規模の学校で、北小、東小の二つの校区から生徒が通っている。わたしは北小で、志帆は東小出身。三年になって初めて同じクラスになった。

昼休みは、図書室で過ごすのが日課となっている。教室内で派手に騒いでいる子たちをスルーして、静かな空間にいると少しドキドキする。ほどよい緊張感の中、顔を寄せ合ってこそこそ話す感じがいい。それと、このちょっとカビ臭い図書室特有の匂いも好き。

「えっと……。考え直してって言われた」また、タイミングを逃した。

「年内で産休入るんだから、うちらの受験関係ないくせにね」

「マジそれ」

「で、何が問題なわけ?」志帆が顔をぐっと近づけてくる。

「志望動機が納得いかないみたい」

「自分は、不純な動機で結婚したくせにね」

「ははは。わたしもそれ言ってやったよ」

「無責任の極みだよ、まったく」

そうつぶやくと、志帆は数学の参考書に視線を戻した。

こういうさっぱりしたところが彼女のいいところだ。わたしが急に、他県の高校に行きたいと言い出した理由もしつこく訊いてはこなかった。サチが行きたいならいいんじゃない、とそっと背中を押してくれた。滑舌が悪くタ行が苦手な志帆は、わたしの名前を呼ぶとき、少しだけ「チ」に力が入る。それが、好き。小さいころから、ずっとさっちゃんと呼ばれ続けてきたわたしにとって、サチと呼んでくれる友達はとても新鮮だった。

志帆は、地元で一番の進学校を志望している。将来の夢は、通訳らしい。戸田奈津子みたいになりたいって言ってたけど、わたしはその人のことをよく知らない。

「じゃ、ちょっとこれ返してくる」手提げ袋から一冊の文庫本を取り出した。

「最近、ハマってるね」

「うん。けっこうおもしろいよ」

「あたしは、ムリだなー」

志帆は、キャラに似合わず小説よりも少女漫画の方が好きだという。何冊かオススメのものを借りて読んだけど、わたしにはさっぱり良さがわからなかった。キラキラした世界観と派手なエピソードはわたしの憧れに近いものがあったけど、ヒロインに全く好感が持てなかった。天真爛漫で自分がモテていることに無自覚で、周囲を振り回してばかりのくせに誰からも愛される女の子。

カウンターで、図書委員の子が破損や落書きがないかぱらぱらとめくってチェックする。栞がわりに挟んでいたレシートがひらりと床に落ち、それを慌てて図書委員の子が拾う。

「今日も、何か借りますか？」レシートを拾いながら訊いてくる。

「はい」

そう言うと、早歩きで文芸コーナーを目指した。お目当ての一冊を本棚から取り出す。最近のお気に入りは『孤高の美少女』シリーズだ。高校生が主人公のミステリー小説で、一話ごとに人間の抱く殺意について物語が繰り広げられる。

どの作品もスリリングで爽快なストーリーとウィットの利いたセリフまわしがおもしろく、読書経験のほとんどないわたしでもスラスラと読むことができた。たまに、常人には理解できない展開になるのだけど、たいくつな日常に辟易しているわたしにとっては、うらやましいとしか言いようがなく、その世界観にどっぷりはまった。

物語に出てくる少女たちは、常に欲求不満で、「つまらない」が口癖で、暇になると機嫌が悪くなり、次々と悪事に手を染めていく。万引きに始まり、売春の斡旋から殺人に至るまで。

そして、最後にお決まりのセリフを吐くのだ。「私たちは悪くない」と。

一巻のテーマは「愛」について、二巻は「お金」、三巻は「プライド」だった。

カウンターで四巻を借りると、志帆の隣に座ってページをめくった。

「ねえ、志帆。〝愛〟と〝お金〟と〝プライド〟以外の殺意って何があると思う?」

志帆が首を傾げながら、「さあ」と、あまり関心のなさそうな返事をする。

「だからね、〝愛〟と〝お金〟と〝プライド〟以外の殺意って何かなって」

もう一度訊いてみる。

「サツイ?」

「つまり、殺人の動機よ。家族とか恋人とか親友とか、誰かのためっていうのが〝愛〟」

「あー、なるほどね」

「で、次が〝お金〟。わかりやすい例だと保険金殺人事件とか」

「ああ、お金か」

「うん。人は、お金が絡むと簡単に人を殺してしまうから」

「で、最後が何だっけ?」

「プライド」

「どういうこと?」

「プライドっていうのは、自分の存在を否定されたとか名誉を傷つけられたとか、そういう恨みによる殺意。あとは、罪や恥を隠すため。秘密を知ってしまった人間は生きてるだけで邪魔だから消してしまえっていう……」

一気に早口で説明したものの、志帆のテンションがずっと低いままであることに、わたしのトーンも下がっていく。

わたしは、文庫本の一行目に視線を落とした。文字を追っていると、いつの間にかすーっと本の中に入り込める瞬間が気持ちいい。読み終わった後は、その本について誰かと語り合いたくなる。あそこがよかったね、ここはもうちょっと掘り下げて欲しかったね、なんて言い合いたい。

だけど、そういう友達ってなかなかできるものじゃないことも知っている。わたしだって、志帆の好きな少女漫画の話をされても全然ついていけない。気持ちの共有って難しい。

「ねえ、屋上行かない?」志帆が囁く。温かい風が耳のへりにあたってこそばゆい。

「えー。もう時間ないし」

「せっかく開放されたんだから、ちょっと寄って行こうよ」

志帆は強引にわたしの腕を引いて席を立つと、ずんずん歩きだした。

全学年、教室はすべて北棟にあり、下の階から順に一年、二年、三年となっている。南棟は一階が保健室と家庭科室、二階が職員室と放送室と図書室、三階は、美術室と技術室とパソコン室と理科室となっていて、二階の渡り廊下で繋がっている。移動教室でもない限り南棟に来ることはない。理科室とパソコン室の間の階段を上れば屋上に出られる。でも、これまで一度も行ったことはなかった。

テレビ取材班は、練習風景とコンクールの両方を撮りたいと言ってきたらしく、それならば屋上を開放し、そこで撮ってもらおうと志帆が学校側に提案した。

──やっぱ、屋上で部活って画的に映(ば)えるじゃん。青春っぽくて。

青春なんて言葉、恥ずかしすぎて口にするのもはばかられるのに、志帆は堂々と言う。そういうピュアなところが、たまにうらやましくもある。

あまり使われていない教室の前の廊下は風がぬるい。

「取材って、いつからなの?」

「再来週からだって」

志帆は、テレビの取材があると聞いたときから超ノリノリだった。わたしとの温度差が半端ない。

「そのことなんだけどね……」

言うなら今しかない。

「楽しみだな。やっぱ、三年のうちらがメインに撮られるよね」

「志帆、あのね、」

そこで、チャイムが鳴った。

「あーあ。残念」

志帆がわたしの腕を放した。

またも、伝えるタイミングを逃してしまった。

＊

放課後、志帆は上機嫌で屋上に駆け上がった。頭上に広がる青空に歓喜するみんなの後ろで、わたしは一人立ち尽くしていた。

やっぱ、言えない。みんなに話せる適当な動機を持ち合わせていない。手持ち無沙汰にバトンをくるくると回す。広子先生の言う、納得のいく動機ってやつを正直に話したら、みんな許してくれるのかな。

「部長、カメラが来るのはいつからですか？」

一年の子が志帆に訊いている。

「再来週からだって。さっき、広子先生に確認した」

「わたしたちも撮られますかね？」

「さあ」

「でも、あのコーナーって毎回一人の子に密着するじゃないですか。あれって、誰が決めるんだろ」

「へー」志帆が、そうなんだと驚いたように目を丸くしている。知っているくせに、と密かに思う。

夕方の情報番組で放送される『熱血純情ハイスクール』という、学校を紹介するコーナーだ。中学や高校で部活をがんばっている生徒をカメラが追う。田舎の中学生からしたら『情熱大陸』と同じくらいの価値がある。

「やっぱ、顔でしょ。可愛くて、華のある子」

「それ、誰？　そんな子、うちの部にいる？」

テンションの上がった一年生に、「黙れ」という視線を送ってみるが誰も気づかない。

「しゃべってばかりいないで、とにかく練習しよ」

そこへ、志帆の低い声が投下されると、空気がピリッと引き締まる。嫌な顔をする者はなく、はーい、と嬉々とした表情でみんなが散っていく。二年生が号令をかけてストレッチをする輪ができる。志帆の声には、不思議と説得力があるのだ。嫌みにならない、絶妙な感じで人の背中を押す力のようなもの。

「三年も、やるよ」

志帆が声を張り上げる。しかたなく、わたしもそれに応じる。

その日は、全く身が入らなかった。どうせ、わたしはやめてしまうんだ。もう、練習なんて意味はないんだ。そう思うと、団体戦の六人全員で揃えるターンからのキャッチがなかなか決まらず、何度もバトンを床に落としてしまった。そのたびに、みんなから小さなため息が漏れる。

ここ最近、練習がハードだ。とくに、志帆の気合の入り方はちがう。でも、誰も何も言わない。みんなの意識は、コンクール入賞とテレビ取材へ向けて一直線なのだから。ネットで買ったお揃いのTシャツも、円陣を組んでからのかけ声も、わたしにはいっさい響かない。今までは、そんなのダサいからやめようって言っていたくせに。

なんか、つまんない。

部活を終え、昇降口を出ると志帆はすぐに鞄からスマホを取り出した。そんなに急いで何を確認しなければいけないのだろう。

「グレネイドって、手榴弾のことなんだ」

志帆がわけのわからないことをつぶやき、勝手に一人でうなずく。なんだろうと、のぞき込んだら和訳サイトの画面が見えた。

「そんな物騒な単語、高校入試に出ないと思うけど」

「アイムゴナテイクユーアウト。はい、訳して」

「君を連れ出すよ、で合ってる？」

「うん」

志帆は、独自のやり方で英語を勉強しているらしく、参考書を開くよりも好きな英語の曲を和訳するのが一番いいと言っていた。わたしが、英語の曲のいいところは、言葉の響きがかっこいいから飽きずに聴いていられるところだと言ったら、言葉の意味を理解した上で聴いた方がいいと諭された。

その後すぐ、和訳サイトを見ながら聴いてみたけど、やっぱり意味よりも響きの方を優先してしまう。音楽は、好きなスタイルで聴くのがいい。わたしは、部屋で垂れ流すように音楽を聴くのが好きだ。イヤホンやヘッドホンはしない。

スマホを片手にのろのろと、校舎の裏手にある駐輪場までの道を歩く。まだ、他の部活は後片付けが終わっていないところがほとんどで生徒の姿は少ない。保健室と職員室の前がわたしたち三年生のエリアになる。絶妙な屋根の高さのせいで、二階の職員室前の廊下から駐輪場は見えない造りになっている。

自転車通学ができるのは、自宅から学校までの距離が三キロ以上ある者と決められていて、わたしは自転車通学で志帆は徒歩通学だ。ちょっと遠回りになるけれど、志帆の家まで送って帰るというのが暗黙のルールとなっている。

「あ、片桐とクラゲだ」

どこ？　と言いながら志帆が視線を彷徨わせる。

「あそこだよ」

「ちょっと、待って」志帆がスマホを鞄に仕舞った。

クラスメイトの片桐龍生がクラゲに何か言いよっている、そんな雰囲気だ。二人の表情はよく見えないけど、クラゲの取り出した財布から千円札が抜き取られるのが見えた。片桐が指で弾きながら一枚、二枚と数えている。

「あれって、もしかしてカツアゲ？」

「借りてただけかもしれないよ」志帆が言う。

「とりあえず、行こう」

「行くって？」

「だから、何やってるか確かめに行くんだよ」

「やめなって」志帆がわたしの肩をつかみ、全力で止める。

「なんで？　志帆、学級委員でしょ？」

「あたしは別に正義のために学級委員やってるわけじゃないし」

「何言ってんの？　いじめだったらどうすんの」

だんだん体が熱くなるのを感じた。クラゲは、ぽつんとその場に立ち尽くしている。

「サチ、首つっこまない方がいいよ」

「じゃ、このまま何もしないの？」

「ほっといた方がいいって」

志帆の手に力が入る。その手を振りはらうようにして、二人に近付いて行った。

「ちょっと、何やってんの？」

わたしの声に驚いた片桐は、お札を隠すように後ろに手を回した。

「べ、べつに。おまえに関係ないだろ」

「それ、出しなよ」

わたしは、片桐の手からお札を奪おうとした。でも、ダメだった。

「うざっ」片桐はわたしを睨むと、去って行った。

クラゲの方に視線を向けると、ブツブツ何かつぶやいている。独り言というより、呪文でも唱えているような感じだ。その言葉がなんなのか気になって、クラゲの口元に注目してみた。オージ？　ジョージ？　よくわからないので耳に意識を集中させた。

「ヒヒョウジ……」

確かにそうつぶやいた。

すぐさま漢字に変換して考える。

〝非表示〟って言ったの？　どういう意味だろう？

「大丈夫？」と、とりあえず訊いてみる。クラゲはそれには答えず、唇の両端をキュッと上げて不自然に微笑んだ。なんだろう、今の。前髪に隠れて目が見えないから余計に怖い。

志帆に「早く帰ろうよ」と手を引っ張られる。

クラゲは、何もなかったように自転車に跨り、ゆっくり蛇行運転を始めた。クラゲは、志帆と同じ東小だから帰る方角も同じはずなのに、校門を出るとわたしたちとは逆方向に行った。どこか寄り道でもして帰るのだろうか。

「なんなのよ、あいつら。ムカつくな」

「なんで、サチが怒ってるの？」

「だってなんかイライラするじゃん」

「それは、ホルモンのせいだから」

志帆はいつも、どうにもならない感情を何かのせいにするならホルモンのせいにしろって言う。突然湧き上がるイライラやモヤモヤはホルモンの分泌が原因で、それは誰にも抑えることができないのだから仕方がないと説く。そう言われても、はいそうですかとはならず、沸騰した頭から熱が引くのを徐々に待つしか方法はない。

「だいたい、片桐のくせに生意気なのよ。カツアゲなんて」

片桐とは、家も近所で幼稚園のころから一緒だ。少女漫画に出てくる男女のような、友達以上恋人未満的な幼なじみっていうやつに分類されるほど仲良くはない。ただ、小さいころから同じ空間で育ったってだけ。そういうやつは、片桐以外にも何人かいる。ルックスもスペックも平均以下というイメージ。

片桐は、クラスの中で一際目立ちたがりやのお調子者でヤンキーかぶれみたいな中途半端なやつだ。少し前に流行りだしたマイルドヤンキーともどこかちがって、地元愛が強く友達思いの熱い男というタイプではない。小さいころは、チビでデブで運動が苦手だったため、よく周りの男の子に白ブタと言われてからかわれていた。六年生の途中で一気に身長が伸び、自然と体形もスマートになった。

それをチャンスと捉えたのか、中学デビューに挑んだ。前髪重めのマッシュヘアにしてみたり、制服のズボンを腰で穿いてみたり、学ランの下にパーカーを着てみたり、どれも都会の男子高生がやっていそうなのを真似ただけなのに、俺ってイケてるだろ？　を売りにしている単なる勘ちがい野郎だ。

今年の体育祭で応援団長をつとめたことで、一時期かっこいいともてはやされたりもしたけど、特定の誰かと付き合っているといううわさも誰かに告白されたといううわさもない。片桐は、かっこつけているけど本来はオタク気質でガチガチの萌え系アニメ好きなのだ。

わたしがそれを知ったのは、継母に頼まれて片桐の家に給食費の集金に行ったときだ。玄関先でおばさんからお金を受け取っていると、自室から片桐がふらっと出てきた。聴き慣れない音楽が流れていて、萌えキャラのポスターが壁を覆い尽くすように貼られていた。わたしが玄関先に立っていることに気づいた片桐が慌てて部屋の扉を閉めた。見られてはまずい、とでも思ったのかもしれないけど、わたしはべつに他人が好きなものを否定するつもりはない。

ただ、それを隠そうとする性根が気に入らない。堂々としていればいいのに、自分の新しいイメージを確立させたいのかなんなのか知らないけど、それを学校ではひた隠しにしている。わたしが突破口となってダサ男って呼んでやりたいくらいだ。

ここ最近、片桐の生活態度はひどい。授業をさぼったり、教師に暴言を吐いたり、何かが爆発したように荒れだした。そして、クラゲをカツアゲまでしている。

ふと、空を見上げた。濃い空を裂くような飛行機雲が走る。

やっと梅雨明けしたと思ったら、今度は記録的な猛暑日が続いている。水筒一本では到底足りないから、最近は二リットルのペットボトルに麦茶を入れて持参するようになったけど、それでも足りない。

「それ、なんていう曲?」

唐突に志帆が訊いてきた。

「え?」

「サチ、ぼーっとしてるとき、いっつもその曲歌ってるよね?」

鼻歌っていうか、ハミング? なんかそんな感じ、と志帆は補足した。

「……」

どうやらわたしは、知らず知らずの間にあ、、、の夏の日に聴いたメロディを口ずさんでいるらしい。

「誰の曲?」

「わかんない」

「知らないんだぁ」

志帆はそれ以上訊いてこようとしなかった。

スクールゾーンを抜け、廃れた商店街へ入ると一気に暗さが増す。ほとんどの店が潰れていて、シャッター通りと呼ばれている。昔のような活気はなく、生き残っているのは、メンチカツが絶品の総菜屋と、値段は高いけど腕だけは確かなクリーニング屋、そして名物おばちゃんのいる婦人服屋くらいだ。客らしき人が入っているのを見たことがない下駄屋の前では、いつも老人が将棋を楽しんでいる。小さいころは、福引やらストリートファッションショーやらイベントも多くて、通るだけでも楽しかったのに、と少し悲しい気持ちになる。

その中で、唯一賑わっている場所がある。『米・ガス・酒』と看板には書かれているけど、いまいち何屋かわからない「さぬきや」という店だ。小・中学生の溜まり場となっているのは今も昔も変わらない。部活帰りにここの駄菓子コーナーに立ち寄るのが、わたしと志帆の日課となっている。モロッコヨーグルとうまい棒とコーラを買って店を出た。

「結局、何が売りなんだろね、あの店」

うまい棒のめんたい味をかじりながら志帆が言う。

「でも、儲かってるらしいよ」

「へー。いくら儲かるっていっても、志が低すぎだね。最近、ウォーターサーバーのレンタルも始めたらしいよ。たぶん、あそこのオヤジ不倫してるよ。いろんな商売に手を出すってことは、いろんな女に手を出したがるってことでしょ」

　こういうちょっと棘（とげ）のある、チクリと刺さるひとことがわたしは好き。毒舌すぎて他人を不快にさせるというよりは、端的に物事の核心をついてくるところが志帆の持ち味だ。テレビ番組で絶妙なツッコミをした人に対して「芯を食う」と表現することがあるけど、まさにそれだと思う。

「そういうもん？」

「そういうもんだよ」

　志帆はクールに答えると、歩きながらコーラをがぶ飲みする。

「ねえ、あれ見て」志帆の脇の辺りを肘でつつく。

「何？」

「ほら、あれ」顎でしゃくってみる。

「あー、あれか。最近、よく見るよね」志帆は興味なさげにつぶやく。

「うん。気になってさ」元玩具屋のシャッターの前で立ち止まった。

「バカが書いてるんだから気にすることないって」

「でも、なんか怖くない？」

わたしたちの視線の先にあったものは、最近この町の至る所で見られる『殺』と書かれた文字だ。鋭利な何かで何度も何度も削って線が書き足されていて、特に左上の「メ」は下の「木」よりも目立つ。全体的に他の部位よりも太く、大きく書かれている。スプレーを使って描かれた卑猥な言葉やカラフルなイラストとは違って、どこか不気味だった。誰かが誰かに向けた強いメッセージのように思えてならない。

「大丈夫だよ。書いてるうちはきっと誰も殺さないはず。てか、殺す勇気がないから書いてるんだよ」

志帆は、小ばかにしたように言う。

「そうだよねー」

笑いながら答えたけど、少しゾッとした。「死ね」ならなんとなくわかる。嫌いな人に対して、ほんの一瞬「死ねばいいのに」と思うことはある。漠然とその人の死を願うだけでどうこうしようという気はない。だけど、「殺す」っていうのは自らの手で他人の生命を奪うっていうことだから恐ろしい。

志帆は、コーラのボトルをゴミ箱に捨てると、手持ち無沙汰になったのか道端に落ちていたビニールの剥げかけた傘を拾い上げて回し始めた。棒状のものを見たら、とにかく回さないと気が済まないほど、わたしたちの体にはバトンが染み付いている。テニスのラケットとか、野球のバットとか、アルトリコーダーとか、先生が使う指し棒とか、目についたらつい手にとって回してしまう。

志帆が回しにくい、と言って傘を放り投げた。そのとき、左の手首の内側にある黒い痣のようなものが目に入った。

「それ、どうしたの？」汚れにしては大きすぎるし、落書きするような場所ではない。

「べつに」

志帆は、咄嗟に右手で覆って焦ったような顔をした。

「見せて」

「ダメ」

「なんで？」

「お守りみたいなもんだから」

「いいから、見せな」

志帆が観念して、左手を差し出した。

「これ、何？　鳥？」

白い皮膚の上に黒くて大きな羽の生えた動物のイラストが油性ペンで描かれている。

「だから、お守りだって」

「何？　どういう意味があるの？」

「もういいって」

志帆が少し怒ったように体を翻した。

気まずい空気のまま、バイバイと手を振り別れた。

＊

家に着くなり、自転車を停めてすぐにスマホを取り出した。なんとなく、モヤッとしたまま気分が晴れなかったので、志帆に〝おつかれスタンプ〟を連打してみたけど、すぐに既読にはならなかった。

階段を上り、妹の部屋の扉を開けると、ベッドに寝転がりわたしのニンテンドーＤＳを勝手に使っていた。注意しようかとも思ったけど、話しかけるのがおっくうでそのまま扉を閉めた。

お父さんは、離婚からわずか一年で再婚した。しかも、子連れ同士で。

妹は、四つ下で現在小学五年生。名前は、麗しいの「麗」と書いてウララ。漢字で書くと美しいけど、カタカナにするとなんだかふざけた名前だなって思う。うーちゃん、ウララちゃん、ウララン……。何度も舌の上で転がして、結局ウララと呼ぶことにした。ウララは、わたしをお姉ちゃんではなくさっちゃんと呼ぶ。

ウララのお母さん、つまり継母はフィリピン人で元ホステスだった。お父さんは、フィリピンパブの常連だったらしい。これは、お父さんから聞いたのではなく自然とわたしの耳に入ってきたうわさだけど、たぶん本当のことなんだと思う。

継母は、美人でおっぱいとお尻の大きなちょっとエロい感じの人。ただ、どういうわけか一向に日本語が上達しない。だから、わたしともうまく会話ができない。

創業から百年続く老舗（しにせ）和菓子屋の三代目に当たるお父さんは、毎日甘い餡子（あんこ）の香りを全身に纏（まと）いながら朝から晩まで働いている。たまに継母も手伝ったりはしているけど、単調な流れ作業が性に合わないらしく、すぐにふらりと家を出て行ってしまう。タバコの臭いをプンプンさせて、見慣れないメーカーのチョコレートを二、三個持って帰ってきてウララの機嫌を取ったりしている。

たぶん、パチンコに行っているのだろう。お父さんはそれについて何も言わないし、継母は養ってもらっている身分だから不満を口にすることもない。お互い、良くも悪くも現状維持。

学校から帰っても、おかえりという言葉をかけられたことはない。夕飯は鍋にあるものを温め直して食べるのがうちの決まり。肉じゃがっぽいものだったり、焼きそばっぽいものだったり、おでんっぽいものだったりが入っているけど、どれも味付けがわたしの口に合わない。高確率で、酸っぱい料理が出てくる。甘ければ醬油を足すし、しょっぱければ水で薄める。だけど、酸っぱいものはアレンジのしようがないから我慢して食べる羽目になる。あったかいご飯があるだけありがたいと思いなさい、って自分に言い聞かせながらウララにもそう言うけど、できることなら美味しい肉が食べたい。ただ焼いただけの肉をエバラ焼肉のたれにたっぷりつけて食べたい。そしたら、ご飯三杯は軽くいける気がする。

昔から両親はこんな調子で、わたしたちのことにはあまり関心がなく、授業参観は年度はじめに一度来てくれればいいほう。運動会は、昼休憩にやってきてコンビニの弁当を二つ置いていったら即帰るというありさま。行事には一切参加しないから、親子活動のときは、いつも先生がわたしたちの相手をしてくれた。

だから、自然とわたしがウララの保護者みたいな感じになっていた。わたしが守ってあげないといけない……って。

仲のいい姉妹をずっと演じてきた。妹思いの優しいお姉ちゃんであることが、わたしの虚栄心を満たす唯一の方法だったから。

わたしたちが姉妹であって姉妹でないことは、この町から一歩外に出ればすぐにわかる。

今年の春休み、ウララと二人で電車に乗って福岡市内まで買い物に出かけたとき、ふいに気づいた。ウララは、可愛いって。田舎者に見られないようにと張り切って化粧をしたのが功を奏したのか、すれちがう男の人から何気なく振り返って見られたり、美容師と名乗る人からカットモデルを頼まれたり、芸能事務所のスカウトマンから名刺を渡されたりした。わたしの一生分の非日常をたった一日で体験している姿はうらやましいとしか言いようがなかった。

ウララは化粧をすると、十一歳とは思えない大人びたルックスに変身する。すでに身長が一六〇センチもあって、肌が浅黒いからギャルっぽくなる。ちょっと離れがちの大きな目、それを覆う濃くて長いカールした睫毛、すっと高く伸びた鼻、ぽってりと肉感的な唇は魅力的だと思う。

それに比べてわたしは、身長一五三センチという中途半端なところで止まったまま一ミリも伸びていない。顔は、これといって特徴のないのっぺりとした作りで、よく言えばベビーフェイス、悪く言えば垢抜けない田舎のガキ。

そのせいか、いまだに小学生料金で電車やバスに余裕で乗れてしまう。容姿に関して得していることってそれぐらい。

少しでも大人っぽくなりたくて、顔周りをレイヤーカットにしたロングヘアを美容室でオーダーしたことがある。初めてストレートパーマをかけてもらったのはいいけど、全然似合っていないから結局いつも二つ結びにしてしまう。

お世辞か嫌みかわからないけど、わたしとウララの顔を見比べて「よく似てきた」と近所の人は言う。わたしは、上手に笑顔を作ってありがとうと微笑む。そうすれば大人は安心するし、喜ぶことを知っているから。だけど、たまにものすごく疲れてしまう。

たぶん、お姉ちゃんという仕事は、わたしには向いていない。

自室で着替えを済ませ、ゆっくり階段を下りてリビングへ入り、テレビをつけた。ザッピングしても意味がないことはわかっている。夕方六時台って一番つまんないラインナップ。Ｅテレは子供向け番組だし、ニュース番組はワイドショー要素少なめでなんか物足りないし、ローカル番組はリポーターのテンションは高いくせに内容が薄すぎて、いまいち頭に入ってこない。

スマホをいじりながら、たまにテレビの方を見る。早く、七時にならないかな。冷凍庫からパピコを取り出し、ソファに寝転がった。ニュース番組のキャスターが神妙な面持ちで事件を伝えた。

——おととい未明、N県S市の小学三年生の女児が下校途中に行方不明——。

またか、とため息をついた。そして、いなくなった女の子に思いを馳せる。

どこぞのえらい大学教授のコメンテイターが「最近、こういった事件が続きますねー」と、もっともらしいことを言って、眉間に皺を寄せる。そう答えれば次の話題に進むことを知っているからできる業だ。早く放送終わらねぇかなって顔に書いてあるよオッサン。

小学生の行方不明事件が大々的に報道されるのは今年に入って三件目だ。一件目の女の子は殺されていて、犯人は捕まった。女の子と面識のある人物だったらしい。二件目の女の子は、無事に保護された。未成年者を連れ回した罪で犯人の男は捕まった。近くに住む大学生だったという。どうか、三件目の女の子も無事であってほしいと願う。

知らない人にも挨拶を心がけるとか、優しくて親切な人となら親しくしていいというのは遠い昔の話。報道されていないだけで、実際はもっとたくさん起こっているにちがいない。

最近は、交通事故にあう確率より変質者にあう確率の方が、よっぽど高いんじゃないかなって思う。知らない人にはついて行かないっていう当たり前のお約束が、今はなんの効力もない。顔見知りの誰かが犯人だったなんてこともよくある。だけど、問題はそういうことじゃないんだよな。

わたしには、わかる。あの子たちの気持ち。本当は連れ去られたんじゃない。自分からついて行ったんだ。子供の好奇心を大人はわかっていない。行っちゃいけないところ、やっちゃいけないことに惹かれるのは子供特有の現象なのだ。

去年の夏、隣町でも似たような事件が起こった。小学生の女の子が行方不明になり、ニュースでも大きく取り上げられた。女の子は、学校帰りに塾へ寄り、そこで一時間勉強をし、母親へ電話をかけたという。いつもなら母親が迎えにくるはずだったが、その日は忙しかったらしく、一人で歩いて帰るように言われた。時間帯もまだ夕方五時台で明るかったことや、自宅は歩いて十分足らずの場所ということで塾の先生たちも特に心配することなく帰したという。

連日、目撃情報などを基に女の子の足取りや、普段の様子や近隣住民から聞いた家族の印象などが報道された。一個人が勝手に抱いているイメージをまるでその地域の代表とでも言うように大げさに伝えるメディア。堅物そうなお父さんと教育熱心なお母さんは、いつしか愛情の薄いお父さんと厳しすぎるお母さんへとイメージが変わる。こういう事件が起こると、なぜか一番に疑われるのは両親だ。ＳＮＳでも過剰に叩かれる。子供を殺された挙げ句、犯人ではないかと疑われ続ける両親の悲痛な叫びを取り上げた番組が放送されたことで、徐々に沈静化してはいるが。

約一カ月の公開捜査の末、女の子は無事保護された。家から直線距離で一キロにも満たないボロアパートの一室だった。空室から、女の子の泣き声がすると宅配業者が気付いて通報したらしい。アパートのほとんどが空室だったことで、発見が遅れたのだろうという見解だった。女の子は、「知らない男の人と一緒だった」と答えたという。それ以上の情報は、何もわからなかった。答えたくなかったのか、答えられなかったのか、ただ報道されなかっただけなのかはわからない。

結局、一年経った今も犯人は見つかっていない。

ゾッとした。いや、今でも怖い。もしかしてその犯人は……と思うと鳥肌が立った。あのときのことが甦り、息が苦しくなる。

深呼吸をして、鞄から高校のパンフレットを取り出した。白のブレザーに胸元には赤いリボン、細かい襞(ひだ)のチェックのプリーツスカートを身につけた女の子が微笑んでいる表紙だ。偏差値低めの私立の女子高の唯一の売り。有名な服飾デザイナーが考えたという制服は確かに可愛いし魅力的だと思う。だけど、わたしには似合いそうにない。手足が長く顔も小さいウララなら、どんな制服だって似合うだろう。

お米を三合、お釜に入れて洗う。お父さんと継母は夕飯を食べたり食べなかったりするので、いつもこのくらい炊いておく。コンロの上の鍋の中身は覗かなくてもわかる。カレーの匂いがした。継母の作る料理の中で一番まともな料理だ。冷蔵庫を開け、麦茶を取り出す。早炊きボタンを押して、リビングのソファに寝転がった。

バタバタと階段を下りてくるウララの足音。

「さっちゃん、お腹空いた」

「うん。もうちょっと待って」

「さっちゃん、あたしファミチキが食べたい」

「えー。今から買いに行くのめんどいよ」

「やだ。食べたい食べたい」

「じゃ、自分で買ってきなよ」

——そう言って一時間が経つ。

めんどくさくても、わたしが行くべきだった。ウララは、最近プチ家出にはまっていて、隙を見ては家を抜け出す。

プチ家出という言葉が流行りだしたのは、いつごろからだろう。プチってなんだか、都合のいい修飾語だなって思う。家や家族を捨てる覚悟はないけど、ちょっとだけ心配してよとか、ちょっとだけ放っておいてよというメッセージを送るのにちょうどいい。まあ、本気で家出している子たちには迷惑な行為かもしれないけど。それに、ウララのはプチにすら入らない。だって、わたしがすぐに見つけてしまうから。

最寄りのファミリーマートにウララの姿はなかった。お店の人に訊いても、今入ったばかりだからわからないと冷たくあしらわれてしまった。

「あー、めんどくさい」

自転車をマッハで飛ばす。スーパーとか公園とか図書館とか、お金がなくても時間が潰せるところを片っ端から捜してみる。ローラー作戦ってやつ。あてもなく人を捜していると、逆に自分が迷子になったような気分になる。

その日、ウララが見つかったのは家から二キロも離れたファミリーマートのイートインコーナーだった。

わたしが声をかけると、ウララはかくれんぼで見つかった小さな子供のような顔をした。

「さすが、さっちゃん」

その日は、イライラが収まらなくて寝付けず、リビングのテレビをつけた。リモコンを握りながら過ごしていると、ＢＳで『きょうのできごと』という映画をやっていた。なんてことない大学生たちの一日を描いた作品で、ぼーっと見るにはちょうどいいやくらいの気持ちだったのに、見終わったときには、この後どうなったの？　とそれぞれの後日談が気になるくらいはまってしまっていた。

伊藤歩が田中麗奈に「今日と明日の境目」の疑問を解決したテツという友達に感心したと話すシーンがある。テツは「十二時から明日やぞ」と教えてくれて「明日って時間で決まってるんやあ」と伊藤歩が回想しながら言う。田中麗奈は、へーという感じでその話を聞いている。わたしも、そりゃそうだろうって思いながら、でも、実際は起きている間はずっと今日だから明日は寝なければ来ないんじゃないかなと考えたりした。

この人たちは、みんなちゃんとした大人になれそうだな、と思った。どうでもいいことで悩んで、どうでもいいことに一生懸命になれるってうらやましい。大学生活とは、大人になるための猶予期間とか通過儀礼みたいなもんだと教えてくれるような作品だった。

わたしたちは、このままいけばなんの努力もせずに、いつか必ず大人になる。日本の法律では、今のところ二十歳って決められている。だけど、境目は本当にそこなのかな。十一時五十九分の今日と十二時の明日が何も変わらないように、今の自分と二十歳の自分にも明確な差なんてないような気がする。

＊

昨日と今日の境界線を通り越して朝を迎えた。

教室に入ってすぐ、片桐の姿を探した。まだ、来ていないらしい。

「おはよう。志帆」

「ああ、サチ、おはよっ」

志帆はわたしの方を見上げ、軽く返事をするとノートに視線を戻した。隙間なくびっしりと、呪いのように英単語が書き連ねられている。

自分の席に着き、鞄から教科書と筆箱を取り出して、教室をぐるりと見回した。クラゲは、相変わらずぼーっとしていて、誰とも交わることなく外を眺めている。本物のクラゲに痛覚はないって聞いたことがあるけど、そんな感じなのかな。感情が全く外に漏れないって逆に怖い。あいつだって、イライラやモヤモヤはあるはずなのに。

片桐は、広子先生と一緒に入ってきた。二人は、アイコンタクトを取り、所定の位置についた。

「はい。席に着いて。出席をとります」

片桐は、席に着くなり筆箱からカッターナイフを取り出した。シャッシャッと硬いもの同士が擦れる音が響く。片桐のズボンからは、だらしなくシャツがはみ出ていた。机に何を刻んでいるのか気になり、凝視した。腕に隠れて少ししか見えなかったけど、見覚えのあるモチーフだった。昨日、志帆の手首に描かれていたイラストに似ている。全体の丸みを帯びたフォルムと独特の羽の感じが特に。志帆の方を向くと、目が合うなり視線を逸らされた。

どういうことかすぐに訊きたかったけど、ホームルームのあとそのまま国語の授業になったのでモヤモヤしたまま一時間を過ごす羽目になった。

二時間目は水泳だったので、みんなダッシュで更衣室へ向かった。志帆は、わたしを避けるようにそそくさと教室を出て行く。渡り廊下でようやく志帆を捕まえた。

「待ってよ。あのさ、昨日のあれってさ……」

言うや否や、志帆の手首に貼られた大きな絆創膏が目に入った。

「もしかして、消してないの?」

「あ、うん」

「それさ、片桐と関係ある?」

「えっ、なんで」

若干、頬が赤らんだように見える。なんだ、この志帆らしくない乙女な感じ。

「まさか、志帆、片桐のこと好きなの？」

「だから、なんでよ」

「その手首に描いてるやつって、ドラゴンでしょ？　片桐龍生の龍じゃないの？」

いつだったか、美術の時間に自分のオリジナルマークを作りましょうという課題が出た。そのとき、わたしは四つ葉のクローバーをモチーフにデザインを考えた。単純だけど、自分の名前が幸だから幸運のシンボルにしてみたのだ。名前に愛ってつく子は、みんなハートをモチーフにしていたっけ。

「だったら、何？」あっさり認められたら、問い詰めたこっちが悪いような気がしてくる。ちがうって否定してほしかった。志帆にはそういうの似合わない。

「そっとしといてくんないかな。まだ、自分でもよくわかんないから」

「じゃ、今のうちにやめといた方がいいよ。あいつ、小学校のとき全然イケてなかったくせに、中学に入ってから急に調子に乗り出してさ。そういうの、ダサくない？」

「いいよ。あたしの知らない過去なんて」

志帆の口調がきつくなった。

「だってさ、昨日、クラゲからお金取ってるとこ見たでしょ？」

「それとこれは、関係ない」

「あるよ。人からお金取るような人、志帆に好きになってほしくない」

「サチに関係ないじゃん」

志帆は低く冷たい声で言い返すと、足早に更衣室に駆けて行った。

挽回できる失敗と挽回できない失敗があるとすればこれはまだ挽回できる、そう思っていた。だけど一日中、どんなに声をかけても志帆のよそよそしい態度が変わることはなかった。


帰りのホームルームが始まった。志帆の方を向くと、こそこそ片桐と何やら話している。二人だけにしかわからないジェスチャーを交えながら。暗号みたいな感じだろうか。志帆が手を口にやり驚いた顔をすると、笑顔で片桐がピースサインを作った。どんな会話をしているのか気になる。割って入って訊きたい。二人は、いい感じなんですか？　と。

ざわつく教室の中で手持ち無沙汰なわたしは、孤独感を誰にも悟られないように鞄の中を漁って忙しいふりをした。そのとき、財布がなくなっていることに気づいた。

どうしよう。千円しか入れてなかったけど、でも財布はお気に入りのアニエスベーだし。志帆に相談しようかどうか迷ったけど、話しかけるなオーラが出ているので今は言いづらい。

「じゃ、他に何もなければこれで終わります」

「起立、礼、さようなら」

みんなの前で財布がなくなったことを大声で騒ぐのは躊躇われたので、終わってすぐ広子先生に相談に行った。

「あの、お財布がなくなったんですけど」

「お財布？　なんでそんなもの持ってきたのよ」

想定内の答えが返ってきた。学校帰りの買い食いが禁止されているのだから、財布なんて持ってきてはいけない。

「はい。すみません」

「とにかく、席に戻って」

「あ、はい。すみません」

「ごめーん。みんな、戻ってー。ちょっと話がありまーす」

クラス全員が教室に戻される。

「今日、小笠原さんのお財布がなくなりました。本来、こういう貴重品は学校に持ってきてはいけないものです。もし、何かの事情で持ってきた場合は先生に預けてください」

「あのー、それって盗んだ人がこの中にいるってことですか？」

男子の一人が言う。

「そういうことを言ってるわけじゃありません」

「じゃ、どうするんですか？　犯人捜しはしないんですか？」

「他に、盗まれたやついねーの？」

「だれー。盗ったやつ。目つぶるから手挙げろー」

次から次に声が上がる。

「犯人捜しも持ち物検査もしません。小笠原さんには申し訳ないけど、管理不足だった学校側の責任なのでお金は先生が払います。でも、今回だけです」

「マジ？　じゃ、先生俺も財布盗まれましたー。十万入ってましたー」

片桐がふざけた声を出す。どっと笑いが起こって、片桐が満足げに笑う。

そのとき、はっとなって昨日の放課後が思い出された。もしかして、盗ったのは片桐ではないのか？　クラゲをカツアゲした挙げ句、わたしの財布も盗ったのではないだろうか？　一度、疑いだしたら止まらない。カツアゲを注意された腹いせかもしれない。片桐が犯人に思えてしかたがない。わたしたちが更衣室で着替えている間、教室には男子しかいない。しかも、片桐は今日の水泳には参加していなかった。こういうのを状況証拠って言うんだっけ。

そう思うといてもたってもいられず、志帆にこのことを聞いてほしくなった。

広子先生から千円を受け取り、屋上へ向かった。シーンとした廊下を抜け、階段を一段ずつ駆け上がると、徐々に部員たちの笑い声が聞こえてくる。扉を開けると、むわんとした熱気が一気に襲ってきた。

「志帆」

声をかけると一瞬だけ振り向き、無言のままバトンを回し始めた。

「あのさ。わたしのお財布のことなんだけど……。片桐が怪しいかなって思うんだよね」

「静かにして。集中できないから」

「だって、片桐、水泳の授業のときいなかったし、昨日だってクラゲから……」

「確証もないのに、人を疑うとかサイテー。だいたい、水泳休んでたのなんて片桐くんだけじゃないし」

志帆は、そうまくし立てると屋上の隅に移動した。もう話しかけるなと言わんばかりに、バトンを激しく回している。他の部員の子たちが、どうしたの？　と志帆に駆け寄る。その光景を視界の隅に置いたまま、扉を閉めた。

昔から、片桐が絡むと、ろくなことがない。

片桐と席が近くなると、いつも何か一つ物がなくなる。それは、消しゴムだったり鉛筆のキャップだったりと小さな物だけど、たいていわたしが買ってすぐになくなった。それに、片桐から聞いた情報を人に話すとたいていガセネタということが多く、言ったわたしが嘘つき呼ばわりされた。退屈が最大の敵だったわたしにとって、それなりにスリルのある体験をもたらしてくれたけど、楽しいのとは少しちがった。どちらかというと厄介なことを運んでくる疫病神的な存在だ。

ゆっくり、階段を下りて行く。一人で家に帰りたくなくて駐輪場で志帆を待つことにした。スマホを開いてLINE NEWSをチェックするくらいしかやることがない。いくつかのグループトークを開いてみるけど、わたしが絡めるようなネタはどこにも落ちていなかった。何人か仲のいい子にスタンプを連打してみる。何がおもしろいのかわからないけど、今、スタ連がうちの学校で流行っている。友情の証し？　暇潰し？　きっと、なんの意味もない。

「サチっ」志帆の声がして顔を上げた。

ものすごい形相でこちらを睨んでいる。嫌な予感がした。

「広子先生から聞いたよ。部活をやめたいってどういうこと？」

「あ、ごめん。言おう言おうと思ってたんだけど……」

「テレビに映りたくないって、何？　意味わかんないんだけど」

　広子先生と同じ反応が返ってくる。

「そのまんまだよ。わたしは、テレビに映るのがイヤなんだ」

「自意識過剰」

「は？」

「そんなくだらない理由で部活やめんの？」

「わたしには、くだらなくないよ」

「じゃ、自分だけ撮らないでくださいって、テレビ局の人に頼めばいいじゃん」

「めんどくさい」

「いい加減にしなよ。急にやめたら、みんななんでって思うじゃない。空気悪くなるでしょ。コンクールはどうすんの？　一人抜けたら今からフォーメーション変えなきゃならなくなるんだよ。あんたのワガママで部員みんなが迷惑するんだから」

「わたしは、ただ楽しく部活がやりたいだけだもん。あのゆるい感じが好きだったんだもん。テレビに出るからって変にがんばるのも好きじゃない」

　本当の理由は違うのに、わたしは強気で言い返した。

「やめるとか、絶対に許さないから」

志帆は「無責任」と言い放ち、わたしを置いて走って行ってしまった。

「なんでこうなるかな。ムカつく」

自分は悪くないと肯定するようにつぶやく。鼻の奥がじんとして、ぐっと下を向いてこらえる。ヘルメットを被りながらため息をつくと、自転車に跨り力一杯にペダルを漕いだ。商店街を通らずに家路を急ぐ。ポケットに手を突っ込んで広子先生からもらった千円札を握りしめた。

玄関の扉を開けてすぐ、ウララの靴がないことに気づいた。どっと疲れが襲う。すぐに捜しに行く気になれず、しばらく玄関に座り込んでいるとガラガラと引き戸の開く音がした。よかった、と安堵し顔を上げる。

「ただいまぁ」間の抜けたウララの声が頭上から降ってくる。

「どこ行ってたの?」

「ゲーセン」

「そんなところにいたら、変な人に連れてかれるよ」

「さっちゃんに、これあげる」

ウララがニッコリ微笑んでガチャガチャのカプセルを手渡してきた。すぐに開けて手のひらに載せた。食べ物シリーズのキーホルダーだ。

「これ、ステーキ?」

「うん。さっちゃん、お肉が食べたいっていつも言ってるから」

「ありがと」

「はい、これ」

「……」

――ガーン。昔のコントのように、頭に金ダライが落ちてきたらこんな感じかもしれない。ウララが次に渡してきたものは、わたしが盗まれたと思ったアニエスベーの財布だった。

「どうしたの、これ?」

「あ、ちょっとだけ借りちゃった」

「借りたじゃないでしょ。盗ったんでしょ」

「ごめーん」

「人の物、勝手に盗らないで」

「ごめんなさーい」

どうしよう。どうしよう。どうしよう。明日、みんなになんて言おう。いや、言えない。

財布がなくなったのはわたしの勘ちがいで、妹が勝手に盗りましたなんて絶対に言えない。志帆だって、わたしのことを許してくれないだろう。

疲れてうたた寝をし始めたウララの横顔を見ていると、もし、わたしがウララを殺すとしたら、どんな動機だろうと考えてしまう。

愛やお金でないことは明白だ。強いて言うならプライドになるのだろう。イライラもするし邪魔だとも思う。だけど、わざわざ殺すほど憎いわけじゃない。

来年、他県の高校に無事に合格すれば、わたしの悩みは全て解決する。とにかく遠くへ行きたい。ウララと離れたところで暮らしたい。もう、お姉ちゃんは卒業だ。

ここから、早く逃げたい。

玄関を出て、自転車に跨った。あてもなく漕ぎ始める。照りつける夕日がアスファルト一面を呑み込んでいた。

今日は、わたしがプチ家出をする番だ。きっと、誰も捜さないし迎えになんて来ないだろう。それでもいい。家にいるのは息苦しい。

人気のない商店街のど真ん中を全力で突っ切ったら気持ちいいだろうなと思った。スタートラインを決め、「よし」と気合を入れてペダルを漕いだ。半分過ぎたあたりでペースダウン。店のシャッターに刻まれた『殺』の文字に気を取られてしまったのかもしれない。

最近、学校内でも変なうわさが広まっている。通り魔事件の予告だと言う子もいれば、幽霊の呪いだと言う子もいて、様々な憶測が飛んでいる。足を止め、その文字を見つめた。

「げっ。小笠原」誰かのつぶやきが聞こえた。

ゆっくりとわたしの背後を誰かが自転車で通り過ぎて行く。振り返ると片桐だった。ガニ股で自転車を漕ぎながら小刻みに体を揺らしていた。イヤホンを耳につけているところを見ると、音楽を聴いているのだろう。

「ちょっと、あんた何してんの？」聞こえるように、大声で叫んだ。

あん？と片方のイヤホンを外してめんどくさそうに振り返る。

「何してんの？」もう一度訊くと、片桐は自転車をUターンさせてわたしの目の前に停めた。

「おまえこそ、何してんだよ」

「べつに、通りかかっただけだし」

「あっそ。俺は、コンビニに行く途中」

「あんたさ、もうクラゲからお金取ったりするのやめなよ」

「はあ？　つーか、借りようとしただけだし」

「嘘。あんたとクラゲ、お金の貸し借りするような仲じゃないじゃん」

「おまえに関係ねぇだろ」

「先生に言いつけてやる」

「うざっ。おまえ、昔から変な正義感あるよな。証拠でもあんのか？」

「ない。でも、わたし見たもん。志帆だって一緒にいたし」

「水沢は、チクったりしねぇよ」

「なんで？　やっぱりあんたと志帆、なんかあんの？」

「べつに。うぜーから、行こ」

「ちょっと、待って」

去ろうとする片桐のTシャツの裾をぐいっと引っ張ると、もう片方のイヤホンが外れた。

片桐が舌打ちしながら、それを耳に突っ込む。

イヤホンから漏れ出ている曲は、ＣＭで聴いたことがあるアニソンだ。アニメの声優たちがアイドルグループとしてＣＤを出したり、歌番組に出たりコンサートをしたりと、ちょっとわからない世界観。二次元じゃなくなったらふつうのアイドルと同じじゃないかなって思うけど、そこはまたべつの楽しみ方があるのだろう。

「なんで学校でアニメオタクのこと隠してるの？」

「誰も俺のレベルについてこれないからだよ」

「レベルって何？　意味わかんない。好きなら堂々としてなよ」

「うるせぇな、帰れよ」

「ねえ、あれはあんたが書いたの？」

シャッターに書かれた『殺』の文字を指さして訊く。

「俺じゃねぇよ」

「もし、あんたが人を殺すとしたらどんな理由？」

「バカだなー。あんな落書きに影響されてんじゃねぇよ」

「そうじゃなくて、もしもの話」

「んー、そうだな」としばらく考えて「信じてたやつに裏切られたときじゃねぇの」とぶっきらぼうに答えた。

「ふーん」それは愛なのだろうかプライドなのだろうか、なんて考えていた。

「なんなんだよ、おまえ。へんなやつ。じゃあなぁ」片桐は右手を挙げると、自転車を漕ぎだした。

「あ、うん。ごめんね」

わたしは、右手をひらひらさせてバイバイのポーズを取る。ごめんね、は財布泥棒を疑ったことへの詫びも含めてだ。

自転車を走らせると、片桐のイヤホンから聴こえたアニソンを自然と口ずさんでいた。

＊

翌日も、志帆の態度は変わらず、わたしをずっと避けている。同じ東小から上がってきた沢田(さわだ)さんたちのグループにうまく溶け込んでいたりするのを見て、イラッとした。成績も上位でおとなしい雰囲気のグループ。男子とは必要以上に絡まない人たち。わたしはわたしで、一人の空間を楽しんでいますとアピールするように『孤高の美少女』四巻に意識を集中させた。

だけど、昼休みになると、急にどうしていいかわからなくなる。誰とも話さずに一日が終わりそうな気がして不安になるのだ。ぐるりと教室を見回して、呼吸を整えた。「ねえねえ、今日水泳休む人いる？　わたし、アレなんだよね」と、自然な感じを装って吹奏楽部のグループに声をかけた。「ああ、生理？」と琴音(ことね)ちゃんが答えた。

五時間目が始まるころには、うちのクラスの女子で水泳の授業を見学する子が誰もいないことがわかった。みんなが更衣室で着替えを済ませている間、わたしは一人でプールサイドへ向かった。

プールサイドは、焼けつくように熱い。水に濡れたところをつま先で歩く。

見学者は、フェンスの前のベンチかひな壇に座るのが決まりだ。ビニール製の屋根の下は、日陰になっていて過ごしやすい。そこに、クラゲが一人で座っていた。

つい、志帆を目で追ってしまう。目を凝らして、志帆の手首の絆創膏まで探してしまう。好きな男子を思って、その人のマークを体に描いちゃうってどうなの？　わたしには、そんな発想、ない。

そもそも、中学に入ってから好きな人なんてできなかった。うちの中学が田舎だからなのか、カップルとか恋人という表現をする子たちは少ない。ここでは、片思いと両思いって言葉で簡単に片付いてしまう。ませた子たちがたまに言う、付き合っているという状態がどういうものなのか想像がつかない。両思いだとわかった後、どうすれば恋人同士になれるのだろう？　学校以外で男女が遊ぶとそう呼ぶのか、手を繋いだらそう呼ぶのか、公にしたらそう呼ぶのか、わたしにはいまいちピンと来ない。

プールサイドに整列するクラスメイトを見て、なぜか水族館のペンギンを思い出した。体毛の濃い男子を見て鳥肌が立つのってわたしだけかな。ぐるぐるとどうでもいい思考が頭を巡る。

斜め後方に座るクラゲを目の端でチラッと見た。まっすぐに前方を見つめ、呪文のようにあの言葉をつぶやいている。

「ヒヒョウジ」

ゾッとして、視線を元に戻す。意識をクラゲから遠ざけようと、タオルの中に忍ばせていた『孤高の美少女』を開いた。見つからないように、こっそり読むために持ってきたのだ。

「それ、ぼくも読んだことあるよ」クラゲが話しかけてきた。

「あ、そう」振り向かずに、そっけない返事をする。

「おもしろいよね。ぼくは、一巻の〝愛のために〟が好きだったな。その作家の作品は、ほとんど読んだよ。セリフがいいんだよね。あとさ、主人公が潔いところとか」

「へー」相手がクラゲでなければ、振り向いて「わたしも!」と同調したいところだけど、意味不明な言葉をぶつぶつ念じているようなやつと仲良くするつもりはない。無視すると、罪悪感が残るから適当に返事をする。話しかけるなオーラを出しながら、クラゲから離れて本を読んだ。

バトン部をやめたい本当の理由を誰にも打ち明けられないわたしは、放課後の町を一人、彷徨った。知っている限りのコンビニをはしごし、買うつもりもない新作スイーツを手に取りネーミングセンスがないと毒づき、ドラッグストアでよく知らないメーカーの激安炭酸ジュースを買って飲み、時間を潰してみたけどモヤモヤした気持ちは一向に晴れなかった。こういうときはTSUTAYAへ行こう、と自転車を走らせた。暇そうな店員さんを物色し、いつも同じ質問をする。

「十一曲入りのアルバムで、英語の曲を日本人が歌ってて、一曲だけ日本語の歌詞が入ったやつありますか?」

「アーティスト名は?」「わかりません」「アルバムのタイトルは?」「わかりません」というやりとりのあと、わたしは苦笑いしながら店員さんを見つめる。たいてい、ちょっとお調べしますねと笑顔で言ってくれる。だけど、どんなに待ってもわたしが探しているアルバムは見つからない。すみません、と礼を言って店を出た。どうしてわたしは、あの夏の日に聴いたアルバムを探しているのだろう。

さらに、行くあてもなくふらふらと町を彷徨った。

高架下のトンネルで自転車を漕ぐ足を止めた。思いっきり大声で叫んでみたくなった。

「バーカ!」

ボキャブラリーの少ない自分への失望と、突然叫んだことへの恥ずかしさで体が熱くなる。

でも、少しスッキリした。トンネルって、なんでこんなに興奮するんだろう。声が反響してすぐに自分の耳に戻ってくる感じが好き。ここは、小学校の遠足の帰りに通った場所だ。行きはクラス単位で一列に並んで歩くのに、帰りは登校班の子たちと帰るから、先生もいないし急いで歩かなくてもいいし自由に道を選ぶことができた。

トンネルには、意味不明な落書きがたくさんある。文字なのか記号なのかさえわからないものもある。誰がなんのためにどんな思いで書いたのか、なんて考えるのはバカらしいから笑って見過ごすのが一番いい。

でも、あれだけは見過ごせない。

『殺』と刻まれた文字に視線が行く。手を伸ばして、その文字に触れてみた。指の腹で感じる刃物で作った傷はザラザラしていた。どうしてこんなものが気になるのだろう。もしかしたら、わたしの中に眠る殺意ってものが敏感に反応しているのかもしれない。

「小笠原さん？」

振り返ると、クラゲが立っていた。トンネルの中にいたせいか、跳ね返って聞こえたクラゲの声はわたしの心に優しく響いた。

「あんた、何してんの？」

「ここ、ぼくのお気に入りの場所なんだ」

「へー」

「なんかさ、こういう短いトンネルって落ち着くんだよね。どっちからも光が見えてて。いつでも逃げられる気がして安心する」

「逃げる?」変なこと言うやつだなと思った。

「どっちが出口でどっちが入り口だと思う?」

「そんなの決まってるの?」

「ふへへ。決まってないよ」

クラゲは、満足そうに笑う。不満そうなわたしを見て、さらに笑った。

「なんかこのシチュエーション、今日二回目じゃない?」

「は?」

「だって、水泳のときも二人で話したでしょ」

「いや、話したってほどじゃないと思うけど」

「で、小笠原さんは、ここで何してたの?」

「べつに、帰る途中だよ」

「小笠原さん、部活は?」

「今日は、ちょっと体調悪いから休んだ」

「大丈夫？」

「あ、うん。大丈夫」

「もう、あれは読んじゃった？」

「え？」

「『孤高の美少女』四巻」

「ううん。もう少し」

「なんか嬉しいな」

「何が？」

「好きな本が一緒とか、好きな音楽が一緒な人って、なんかいいなって。仲良くなれそうっていうか」

「あ、わかる」答えたあと、しまったと思った。

「そのシリーズ、五巻で最後だって知ってる？」

「え、嘘。最後、どうなるの？　って、聞いたらつまんないか」

「めっちゃゾクゾクするよ。あ、でもこれから読むなら言わない方がいいか」

「そうだね。楽しみにしとく」

なんでわたしは、今こいつと仲良さげに話しているのだろう。学校でなら、冷たくあしらってそれで終わりで済んだのに、と少し冷静に状況を捉え始めたところで、ふいに『殺』の文字に視線が行った。わたしの視線に合わせるようにクラゲも同じ方向を見ている。

「あれ、気になる?」

「えっ、あ、うん。誰が誰に殺意を抱いてるのかなって」

「殺意?」クラゲが首を傾げて、笑う。

「だって、あれは殺害予告みたいなもんじゃないの?」

「もしそうだとして、誰かが殺されそうだってわかったら助ける?」

「助けられる状況なら助けるかもしれないけど、わかんない」

わたしの答えが気にいらなかったのか、クラゲはふーんと言って『殺』の文字を見上げた。わたしも、その視線を追う。しばらく、無言でその文字を見つめていた。

「囚人のジレンマって知ってる?」

唐突に訊かれて、ぽかんとなった。

「知らない」

「ゲーム理論って言ってさ、ある犯罪に関する共犯容疑で捕まった二人の容疑者が意思疎通のできない別々の部屋で尋問を受けるという設定で、どういう選択をするのが最善かってやつ」

「ふーん」

「自白するかしないかで刑罰の重さが変わるんだ。たとえば、一人が自白し、もう一人が自白しない場合、自白した方は無罪で自白しなかった方は懲役十年。二人とも自白しない場合は、懲役二年。二人とも自白した場合は、懲役五年。小笠原さんならどうする?」

「そんな急に言われても……」

「さあ、シンキングタイムだ」

ふつうに考えれば、「相手が自白せずに自分が自白する」のが一番いい。だけど、意思疎通のできない状態で相手が自白しないかどうかなんてわからない。下手すれば、二人ともお互いを裏切って懲役五年になってしまうのだ。難しい。答えのないクイズみたいなもので、どれを選んでも正解ではないような気がする。

「たぶん、わたしは何も言わない」

「どうして? 一か八か、助かる方に賭けたりしないの?」

「うーん。仮に、自分だけ助かったとしても罪悪感が残るじゃない。裏切ったという事実が一生残る。それはイヤだな」

「でも、相手が裏切ったら懲役十年になるんだよ。それより、全部自白してスッキリして平等に刑罰を受けようとは思わないの？」

「そうねぇ。その状況になってみないとわからないけど、なんで罪を犯したのかなんて、きっと他の人にはわからないし、たぶんわかってもらえないと思う。二人だけの秘密。だから、わたしは何も言わない」

「同感。ぼくもだよ」

クラゲがふわっと笑うから、つられてわたしも思わず笑ってしまった。なんだろう、この感じ。胸の辺りがじんと温かくなる。

「あ、ごめん。そろそろわたし帰るね」ふと我に返り、冷たく吐き捨てた。

「うん。気をつけて」

自転車に跨りゆっくりと漕ぎ始める。トンネルを抜けたころ、「小笠原さーん」と呼ばれて振り返ると、見たこともないくらいの笑顔で「バイバーイ」と手を振るクラゲがいた。変なやつ、とつぶやいて思わず苦笑する。まあ、こんな日も悪くないなと思った。自然とペダルを踏む足に力が入る。全身で風を受け、大声を出して駆け抜けると気持ちがよかった。

部活の終わる時間帯にようやく家に着いた。

玄関の扉を開けるや否やウララが待ってましたとばかりに「お腹空いたー」と吼えた。わたしは、すぐさま台所へ行き、鍋の蓋を開けた。酸っぱい匂いが鼻をつく。だけど、ものすごく心身共に疲れていたせいか、そのツンとしたケチャップの匂いが食欲をそそった。鶏のケチャップ煮と言えばいいのだろうか。それとも、フィリピンの伝統的な料理なのだろうか。

とにかく、野菜とぶつ切りの鶏肉が真っ赤に染め上げられた不思議な料理だった。お米ぐらい研ぐのに十分もかからないだろうに、継母にはなぜか炊飯器にセットしておくという発想がないらしい。

蛇口をひねってお湯になるのを待っている間、お釜に三合、お米を入れる。指で熱くなったのを確認して、お釜にお湯を注ぐ。しゃもじでぐるぐる数回かき回してお湯を捨てる。これを三回繰り返して早炊きボタンを押した。ふつうに水で洗うより熱湯で洗う方が早く炊けるらしい。これは、裏技料理を披露する番組で覚えた。

ウララには、シャワーを浴びてくるように促す。プチ家出を強行されないようにお風呂場まで連れて行こうとしたら、頑なに台所から離れようとしない。お腹が空いたと駄々をこねるので、戸棚を漁ってインスタントのスープを見つけた。賞味期限切れの春雨スープを作って食べさせた。どうしてこんなに手がかかるのだろう。自分の小学五年生のときと比較してみても、やっぱりウララはちょっと幼すぎる。

もしかしたら、ちょっと足りないのかもしれないと、お父さんと継母にも相談したけれど、そんなわけないと鼻で笑われて終わった。勉強だってできないし、仲のいい友達の名前は言えるけれど先生の名前はほとんど言えない。足は速いけれど、球技やルールの複雑なスポーツは全くできない。図工や家庭科も、平均以下。ドッジボールは、ただボールから逃げ続ければいいと思っている。取り柄といえば、ルックスがいいということくらい。

着替えを済ませて階下へ下り、鍋を温め直していると、炊き上がりを知らせる炊飯器の音が鳴った。ご飯をよそい、ウララを座らせる。テレビを見ながら酸っぱい鶏を二人でつつき、顔を歪ませ口へ運ぶ。最近、ウララはなんにでもマヨネーズをかけて食べるせいか、ちょっとだけふくよかな体形になってきた。母親にだんだん似てきたな、と思う。おっぱいなんて、たぶんわたしより大きい。

「さっちゃん、靴が破けちゃった」

「え？　なんで？」

「わかんない」

「嘘だね。新しいのが欲しいから、わざとでしょ」

「ちがうよー」

頬を膨らませ笑顔でわたしを見つめる。ウララは、欲しいものがあるとどうしても手に入れたい衝動を抑えられなくなる。古いものを壊せば新しいものが手に入ると気がついたらしく、最近この手でいろんなものを買って欲しいとねだってくるようになった。ため息をついて、はいはい今度買いに行こうねと軽い約束をする。

そこへ、仕事を終えたお父さんが帰ってきた。

「おかえり。今日は、早いね」

「さっちゃん、うーちゃん、ちょっとこれ食べてみてくれないかい？　新しい試作ができたんだ」

お父さんが差し出した皿の上には、爆弾のような真っ黒い塊が十個ほど載っていた。

「これ、お団子？」ウララが訊く。

「そう。スミレちゃんって名前で売り出そうと思ってる」

大牟田市は昔、炭鉱の町として栄えていた。町おこしの一環で、炭を使った商品が駅や土産物屋に並べられ、よく売れている。それに肖ろうと、お父さんも必死だ。

「なんか、ネーミングと見た目があってないんだよね。これ可愛くないもん」わたしは、冷たく吐き捨てる。

「とりあえず、食べてみて」

しぶしぶ手にした爆弾のようなお団子は、炭の香りともちもちっとした食感が絶妙でけっこう美味しかった。ただ、これをお金を出して買いたいかというと今ひとつインパクトに欠ける。

「味は悪くない。でも、もうちょいなんかアクセントみたいなのがほしい」

お父さんは、うなずきながら台所から出て行った。

洗い物を終え、シャワーを浴び、宿題を済ませると、ベッドに寝転んだ。『孤高の美少女』四巻を開いて、続きを読む。今回の殺意のテーマは、どうやら「欲望」らしい。人を殺してみたいという欲望に駆られた少女が、親友や家族に少しずつ毒を飲ませていくというストーリーだ。残り数ページというところで眠気が一気に襲ってきた。こういう疲れたときに夢に出てくるのは、いつもあの日のことだ。恐怖のあとに来るのは、助けられなかったあの子への罪悪感。そして脳内で再生されるメロディ。

＊

週明けの月曜日。わたしが部活をやめたいと申し出たことは、部の全員はもちろん、クラスの女子たちにも知れ渡っていた。こういう話は一人に知られたら、あっという間に広まってしまう。なんでやめたいの？　と質問攻めにあうわたしを、志帆は悲劇のヒロインのような目で見つめていた。みんなは、わたしが志帆と仲たがいをしてこじれた結果、部活をやめたいと言っていると勝手に解釈し、妙な慰め方をしてきて正直めんどくさかった。

「さっちゃんだって辛かったよね？」あまり仲良くない田中さんがわたしの肩に手を置きながら言う。こういうとき、どっちにもいい顔をして誰よりも早く情報を得ようとするやつが一番嫌いだ。

「べつに。大丈夫だから」

当たり障りのない返事をし、笑顔を作る。

昼休み、広子先生に呼び出しを食らった。

「来週から撮影が始まるのは、知ってるでしょ？」

「はい」

「考え直してくれた？」

「いえ。変わりません」

「水沢さんとは、ちゃんと話したの？」

「話しましたけど、理解はしてもらえませんでした」

「何か、べつの理由があるなら聞くわよ。悩みごととか、相談してくれたら先生ちゃんと聞くから」

急に物分かりのいいふりしてこっち側にやってこようとする大人ほど信用できない。

「いえ。他人に話して解決するくらいならもうとっくにしてますから」目を合わせず、早口で答える。

「どうしても、撮影に協力したくないのね。わかったわ。でも、練習には出なさい」

広子先生は、水筒のお茶を一気に流し込むと、苦々しい顔をしてため息をついた。

わたしは、一礼をして職員室を出て行く。べつの理由ならある。

だけど、それを誰にも言う気はない。お母さんに忘れなさいと言われても、決して忘れることはできなかった。たった数時間とはいえ、わたしは男に監禁されていた。恐ろしい思いも、気持ちの悪い思いもした。

あの男は、今どこで何をしているのだろう? 事件として扱われなかったせいで、あの男は今も、のうのうと暮らしているのかもしれない。そして、あのときのわたしのような被害にあっている女の子がいるかもしれない。去年、隣町で起こった女の子の監禁事件の犯人があの男だったら……そう思うと怖い。

自分がテレビに映ったときのことを想像してしまった。画面の中央でインタビューを受けるわたし。テロップに出された学校名と学年、そしてフルネーム。夕方の情報番組のワンコーナーを偶然見られるなんてことはおそらくないだろう。その中に、一度会っただけの、ちょっとイタズラしただけの女の子を見つけるなんてこともないだろう。だけど、もしかしてと思うと、限りなくゼロに近い可能性だって避けたい。もう四年も前のことなのに、わたしの不安は消えないままだ。

記憶を消したくて、思いっきり目をつぶって頭を横に振った。一瞬立ちくらみのように足元がふらついた。

気づくと、屋上を目指し歩いていた。もしかしたら、志帆がいるかもしれない。ちゃんと話せばわかってくれるかもしれない。期待を胸に階段をゆっくり上り、扉を開けると片桐と志帆の姿があった。二人は、給水塔の下の陰になったところにもたれかかりながら、楽しげに話をしている。わたしは、気づかれないように静かに扉を閉めた。

「取られた」と思った。今度こそは確実に。片桐に志帆を取られてしまった。言いようのない悔しさと寂しさで涙が出そうになるのを必死にこらえて図書室へ向かった。

カウンターで、『孤高の美少女』四巻を返却し、五巻を求めて本棚へ行くと、あるはずの場所にそれがなかった。誰かが借りたのだろう。でも、このまえ四巻を借りるときはあったのに。五巻は、シリーズ最終巻だ。クラゲ曰く、めっちゃゾクゾクするらしい。どんな結末が待っているのか、早く読みたくてしかたがない。カウンターへ行き、図書委員の子に返却予定日を訊いたら、二週間後と言われてしまった。わたしが来る少し前に、誰かが借りていったということだ。悔しさを押し殺し、予約票を記入して、図書室を出た。

教室に戻ると、志帆が小さな鏡を見ながら前髪を整えていた。じーっとその行動を見つめる。ポケットからリップクリームを取り出して塗る。薬用メンソレータムじゃなくて、エテュセのカラーリップを使っていた。んーまっ、と唇をならし、それを薬指でとんとんと軽く叩く仕草が少しだけ大人びて見えた。そんなこと、するタイプじゃなかったのに。気に入らない、と心の中で毒づくのが精一杯だった。

放課後になると、さらに気分が落ちる。わたしは行くあてもなく町を徘徊するしか時間を潰す方法を知らない。練習には出なさい、と広子先生に言われたけれど、とても参加する気にはなれなかった。

いや、もうやめてしまったんだと自分に言い聞かせる。スマホの電源は入れっぱなしだけど、どうせわたしのスマホには誰からも連絡が来ていない。それでも確認せずにはいられないからついスマホを開いてしまう。

ＬＩＮＥの赤い通知バッジが「30」と表示されているのに気づいて喜んで開いたら、企業広告とわたしには一切関係のない話題で盛り上がっている部活のグループトークだった。

通知バッジが表示されたトークを一個一個開いていく。

誰か、わたしを構ってよ。心の中で叫ぶ。

なんでこんなことになってしまったんだろう。そんなことを考えながら歩いていたら駐輪場でクラゲを見つけた。柱にもたれかかりながらスマホをいじっている。気配を消したつもりでいたけど、すぐに気付かれてしまった。クラゲがゆっくり顔を上げた。咄嗟に視線を逸らして自分の自転車まで小走りで急ぐ。このまえは、つい色々としゃべってしまったけれど、時間が経つと、あのときは寂しくてどうかしていたんだと思うようになった。わざと背を向けるようにヘルメットを被っていると、「……ギャク」と後ろで聞こえた。

「逆?」ヘルメットが逆なのかと思って即座に確かめたけど、まちがいなく前後正しく被っている。クラゲは、何をつぶやいたのだろう。

恐る恐る振り返った。

「何?」

「フカギャク」

また、クラゲがつぶやいた。どういう意味だっけ? と、頭をフル回転して考える。

「……」何も浮かばなくて首を捻った。

「不可逆だよ。元に戻れないって意味」

「は？　それがどうしたの？」

「小笠原さんは過去に戻れるならどこに戻りたい？」

「何それ。タイムリープ的なやつ？　わたし、そういうの全然興味ないんだけど」

「後悔してることないの？」

「誰だってあるでしょ。それぐらい」

「部活のこと？」

「……」

「小笠原さんは、このまま部活やめちゃってもいいの？」

「あんたにそんなこと関係ないでしょ」

「あるかもしれない」

「ないないない。絶対ない。だいたい、なんであんたがそんなこと知ってんのよ」

友達のいないクラゲにまでうわさが広まっているのか、と思わず舌打ちが出る。

「こないだ、先生と話してるの聞こえたから。べつに、盗み聞きするつもりはなかったんだけど」

あのときか。広子先生に職員室で長々しく説教をされているとき、こいつは扉にもたれかかるようにして立っていたっけ。

「あんたが気にするようなことじゃない」

「本当にやめたいの？」

前髪の隙間からわずかにのぞく気だるそうな目がわたしを苛立たせた。

「そうだよ」

「でも、本当はやめたくないんじゃない？」

「なんであんたにそんなことわかるのよ」

「いや、なんとなくそうなんじゃないかと思って」

「あんたには関係ないから」

クラゲは、まだ何か言いたげにわたしを見つめたまま立っていた。

わかったような顔をして、あーだこーだ言われるのは腹が立つ。クラゲは斜めに垂れ下がるようにしていた頭を上げ、わたしを見つめる。色素の薄い瞳は、冷たいビー玉を思わせた。妙な沈黙が流れる。すると、「不可逆」という言葉が脳内で弾けた。過去に戻れるのならどこに戻ればいいのだろう。志帆にちゃんと本当の理由を打ち明ければこんなことにならなかったのだろうか。それとも、テレビに映るわずかな可能性を気にして、部活をやめたいなんて申し出なければよかったのだろうか。

「あのさ、こないだ水泳の授業のときもなんか変なことつぶやいてたよね？〝非表示〟

ってどういう意味?」

「世界を〝非表示〟にするんだよ」

「は? 意味わかんない」

「スマホにあるでしょ。〝非表示〟機能。それと一緒で、世の中の煩わしいもの全部〝非表示〟にして目の前から消すんだ」

「そんなの無理に決まってるじゃん。ちなみに、何を非表示にしてたの?」

「片桐くんだよ」

「あのさ。こないだ、ここで片桐にお金取られてたよね?」

「うん」

「なんで? 非表示機能なんて人間にはついてないんだから、ちゃんと自分で断りなよ」

「片桐くんは、神に会いたいんだって」

「は? 神?」

「そう。神に会うためには、どうしてもお金が必要なんだよ」

「あいつは、なんかヤバい宗教でも入ってるの?」

「小笠原さんだって、心の拠り所にしてるものがあるでしょ? ぼくにもいるんだ、神。片桐くんがうらやましいよ。だって、ぼくはもう神には会えないから」

「やっぱ、あんた変」

「ねえ、小笠原さん。ぼくの神はさ、音楽を作ってるんだ……」

「ごめん。もう、あんたとしゃべってると、こっちまでどうにかなってしまいそうだよ」

わたしは、自転車に跨ると勢いよくペダルを踏んだ。

「待って」クラゲが呼び止める。

わたしに関わるな、話しかけるなと、背中で言えたらどれだけ楽だろう。クラゲの視線が気になって思わず「わたしを非表示にしてください」と心の中で唱えていた。

非表示……。

町を彷徨っていると、ふと、去年監禁された隣町の女の子のことを思い出していた。夕暮れどきの寂しさ。一人で帰る心細さ。揺れ動く好奇心。いつもとはちがう道で帰りたくなったのかもしれないし、ちょっと寄り道して冒険したかったのかもしれない。

当時、ニュースで見たときはどの辺りか全然わからなかったけど、徐々に場所を特定するようなうわさが耳に入ってきた。T総合病院の通り沿いにあるリサイクルショップの真裏の、ボロアパートの一番奥。

たぶん、自転車をマッハで漕げば二十分くらいで行ける距離だ。何がわたしをそうさせたのかわからない。好奇心より恐怖の方が勝っていたはずなのに、どうしてもそこに行ってみたいと思った。わたしの身に起こった、事件にならなかったあの出来事と、隣町の女の子の事件が繋がっているなら知りたいと思った。あえて強い衝撃を与えて痛みに慣れさせるショック療法とでも言うべきか……。わたしは強い意志をもってペダルを全力で漕いでいた。

スクールゾーンを抜け、家とは反対の方へ自転車を走らせる。二年ほど前に新しくできた県道のおかげで、一本道で隣町まで行けるようになった。歩道が広くなっていてジョギングをする人たちにはもってこいの道だ。高校生の集団や犬の散歩をする人たちが行き交う。それを横目に自転車を走らせる。真横を猛スピードで飛ばして行く車は怖かったけれど、負けじとペダルを踏み続けた。T総合病院が見えたところで、速度を落とした。表通りから一本奥へ入ると、狭いアスファルト道が曲がりくねって続いている。女の子が監禁されていたボロアパートの群れはすぐに見つかった。空室と書かれた看板がかかっている。

敷地内に入ると、自転車から降りて押しながら奥へ進む。あまり、人が住んでいる気配はない。ゴーストタウンに迷い込んだみたいに空気が淀んでいた。背後の山に隠れてほとんど日が当たらず、湿気が多くてじめじめしている。滑り台とブランコだけの小さな公園があるけど、子供の姿はない。そればかりか、人が歩いている様子もない。洗濯物が干してある部屋もあるから、完全に無人というわけではなさそうだ。ただ、ゴミ集積所からは強い異臭がした。ルールを守らない人間が多いと、すぐにこうなってしまうのだろう。赤く大きな文字で『ゴミの日は守りましょう』と書かれていた。

一番奥のアパートの前に自転車を停めた。三階の端、一番奥の部屋で女の子は発見された。階段に足をかけた瞬間、背中に冷たいものを感じた。やっぱり、怖い。この期に及んでビビっていた。女の子がどこに閉じ込められていたのか、どこで泣いていたのか、どんな思いで過ごしていたのか知りたかったはずなのに、急に体が拒否反応を起こす。わたしは、嫌なものはとことん見ないようにして生きてきた。それで、自分を守ってきた。でも今、踏み出さなければ一生変えられない気がする。

「よしっ」気合を入れて階段を上り始めた。

壁のコンクリートは剥がれ落ち、階段のヘリは欠け、アパートの裏は竹林になっていて鬱蒼(うっそう)としている。口が渇いて、唾を何度も飲み込んだ。

三階に着いて呼吸を整える。もう、誰もここには住んでいないのかもしれない。錆だらけのドアノブを押したり引いたりしてみたけど鍵がかかっていて開かなかった。台所の窓の割れた隙間から中をうかがう。暗くてよく見えない。何か長い棒があれば、鍵レバーを押すことができるかもしれない。しかし、周りを見回してもそんな便利なものは落ちていない。しばらく考えた後、すでに割れているのだから少しくらい割っても大丈夫だろうと、筆箱とボールペンを使って窓ガラスの鍵の辺りを突いた。中の鍵レバーをペンで押して、解錠する。ドラマで泥棒がやっているのを真似た。窓は、わたしの胸の高さほどにある。侵入するには踏み台のようなものが必要だと思い、鞄を台にしたらどうにか登れるのではないかと置いてみた。置き勉禁止とされている中学生の分厚い鞄の幅は、およそ十五センチはある。重さに関して言えば、恐らく十キログラムは軽く超えているはずだ。わたしが乗ったところで、潰れることはないだろう。不法侵入という言葉が頭を過ぎったけど、誰も住んでいないのなら構わないのではないかと勝手に納得して中に入った。台所のシンクに足をかけてゆっくり下りる。

深呼吸をする。台所の奥がすぐ六畳ほどの和室になっていて、その隣にもう一つ部屋があるようだ。土足のまま、ゆっくり中に進む。家具類は一切ない。部屋の隅にかなりの量の埃が溜まっている。事件以来、誰もこの部屋を使っていないのだろう。

女の子の事件について書かれた週刊誌の記事を思い出してみる。たしか、壁に『たすけてください』と鉛筆で書かれていたはずだ。誰かに向けて発せられたSOS。届くはずのないSOS。それがどこにあるのか捜してみたけど見つけられなかった。

カラカラの喉に力を入れて唾を飲み込む。急に、早くここを出ようと気が急いた。スマホを開いて時間を確認すると、五時半だった。

台所のシンクに足をかけ、入って来たときと同じようにして窓から外に出る。鞄についた靴跡を手ではらい、階段を駆け足で下りた。外の空気に触れると、不思議と怖い気持ちは消えていた。

なぜか、また行ってみたいという気持ちの方が大きかった。女の子の書き残したSOSを見たいと思ったからだ。誰かに伝えたい思いを必死に文字に込めたのだと思う。わたしは、それを見たい。

わたしもあのとき、同じことを思っていた。「助けてください」と何度も心の中で唱えた。女の子が監禁されている間の様子は報道されていないからわからない。だけど、ものすごく怖い思いをしたことだけはわかる。わたしが助かったのは、たまたまなのだ。あの程度で済んだのは、運がよかっただけなのだ。湧き上がるモヤモヤをペダルを踏むエネルギーに変える。

＊

翌日、学校へ行くと志帆と片桐のことがうわさになっていた。二人は付き合っているのではないかと。志帆の周りを女子が囲み、野次を飛ばす男子の声の防波堤となる。片桐はまだ来ていないらしい。

男子が「おまえ、ギリとどうなの？」なんて雑な質問を投げていじる。近くにいた子に小声で説明を求めると、昨日の放課後、二人が一緒に帰る姿を野球部の男子が見たらしい。志帆は、顔を真っ赤にして下を向いたまま、誰の質問にも答えずただ首を振っている。わたしは、特に驚かなかった。昼休み、二人で屋上にいるのを見てしまったから。そのことは誰も知らないはずだ。

そんなことより、わたしが驚いたのは志帆の雰囲気が変わってしまったこと。なんだか急に可愛くなったような気がする。単に、行動を一緒にしなくなったせいで、遠目に志帆を見るからそう感じるのかもしれない。だけど、最近の志帆は完全に乙女モードに突入してしまっている。可愛く見えるのはそのオーラのようなものだろうか。頻繁に前髪を気にしたり、オイルコントロールパウダーで肌を整えたり、前の志帆からは全く想像がつかない。わたしは、恋の力の偉大さを一人嚙み締めていた。

そこへ、ようやく片桐が教室へ入って来た。みんなの視線が一斉に集中する。

「ギリってさ、水沢と付き合ってんの？」

男子の一人が片桐に訊いた。

「はあ？」

みんなが自分に注目しているのが照れ臭いのか半笑いでとぼける。

「昨日、一緒に帰ったらしいじゃん」

「たまたまだよ」

「なんか、いい感じだったらしいな」

らしいらしい。煽るやつに限って他人からの情報ばかりだ。

「べつに」片桐が志帆の方をちらっと見た。

「で、実際のところどうなんだよ」

「おまえに関係ねぇだろ」

出た出た。片桐の口癖。

「隠さなくてもいいだろ。教えろよ」

しつこく食い下がる。

「だから、関係ねぇって言ってるだろ」

「否定も肯定もしねぇってことは、付き合ってるってことだな」

「うるせえな」

半分キレたような口調で片桐が言い返す。そこへ、周りの男子が笑いながら片桐を挑発する。

「でもさ、ギリと水沢って意外っちゃあ意外だけど、けっこうお似合いなんじゃね？」

片桐が自分の机に鞄を勢いよく叩きつけた。一瞬、シンとなったものの、バカな男子がまた片桐を煽る。

わたしはもうその辺にしておいた方がいいんじゃないかと思った。片桐は、滅多にキレることはないけれど、あるラインを越えてしまうと、もう手がつけられなくなる。これは、同じ小学校だった子たちなら知っているはずだ。自分のテリトリーに他人が土足で踏み込むことを嫌う。このまえアニソンのことを訊いたときもそうだった。あと一歩わたしがしつこく訊いていたら、キレられていたかもしれない。

ヤバいヤバい、もうそれ以上訊くなと思っていると「志帆？　大丈夫？」と心配する女子の声が聞こえた。今度は、片桐から志帆に、みんなの視線が向けられる。わたしもそれに倣う。志帆がハンカチで目元を押さえていた。この空気に耐えきれずに泣き出したのだ。

「あーあ」

遠くにいた男子が、自分は関係ないとばかりに、わざとらしい声をあげる。片桐は、ため息をつきながら椅子に腰をおろし、机の脚をガンと蹴った。もうそうなると、全員が責任のなすりあいだ。ちょうどチャイムが鳴ったので、みんな逃げるように自分の席に着く。するとさっきの騒ぎが嘘のように教室が静かになる。誰もこんな展開になるなんて思っていなかったはずだ。ちょっとおちょくって、いつもみたいに片桐がふざけて、場が盛り上がってみんなでわいわいできればと思っていたにちがいない。

わたしは、片桐みたいなタイプが苦手だ。いつもはヘラヘラしているのに、変なタイミングやポイントで急にキレてしまうやつ。予測不能な人間ほど恐ろしいものはない。

休み時間も、変な空気が漂っていた。授業中の片桐がいつも以上にテンションが高かったことが原因だろう。ホームルーム前のあのキレた態度はなんだったのかと思うほど、冗談を飛ばし、先生のミスを指摘し、揚げ足をとるような発言を繰り返した。休み時間になると、イヤホンを耳に突っ込んだまま机に突っ伏し、誰とも話したくないという態度を取り続けた。みんなが思ったはずだ。あいつは、ちょっとヤバいやつだと。お調子者と人気者は似ているようで全然ちがう。徐々に男子が片桐と距離を置き始めた。

つい、クラゲの方に視線が行ってしまった。あいつが今、どんな表情をしているのか気になった。肘をつき、爪を噛み、貧乏揺すりをしながらうつむいている。笑っているように見えた。唇の両端がキュッとつり上がっている。今の状況をクラゲは楽しんでいるのだろうか。片桐のことを非表示にしていると言っていたのを思い出す。じっと見つめていると顔を上げ、わたしの方を見て「ヒヒョウジ」とゆっくり唇を動かした。妙なサインを送るのはやめてほしい。

昼休み、図書室へ向かう途中、志帆のことが気になり屋上へ行ってみることにした。今朝、泣いてしまった後はずっと自分の席から離れず英語の勉強をしていた。最近、行動をともにしている沢田さんたちのグループが、心配するように志帆の机を囲んでいた。ゆっくり、屋上への階段を上る。わたしは、できることなら志帆と仲直りがしたい。片桐のことで悩んでいるのなら、話を聞いてあげたい。気の利いたアドバイスなんてできないかもしれないけど、志帆の隣はやっぱりわたししかいない。

「小笠原さん」

扉を開けようとした瞬間、背後で声がした。咄嗟に振り返ると、クラゲが立っていた。

「何?」

「本当はさ、部活やめたくないんだよね」

「なんなのよ、こないだから。あんたに関係ないって言ったでしょ」

「不可逆同盟」

「わけわかんない。お願いだから、わたしに絡んでくるのやめてくれない？　迷惑なの」

「その扉は、開けない方がいい」

「うるさい。あっち行って」

手でしっしっとクラゲを追い払う。

「この世界には、戻れるものと戻れないものがある」

クラゲは、さらに話し続ける。

「うるさいって」

「でも、ぼくは知ってる。小笠原さんが部活に戻れる方法」

「わたしは、部活には戻らない」あまりにしつこいから大声で怒鳴った。言った後で、胸が苦しくなる。

「撮影が中止になれば、部活に戻れるの？」

「だから、あんたに関係ないって」

くるりと背を向け、ドアノブに手をかけた。

「待って」

クラゲの声を無視して、勢いよく扉を開けると、むんとした熱気とともに光が差し込んできた。眩しさに目を細める。視界の端に二つの影が見えた。デジャヴだ。

思わず、扉を閉めてしまった。

「だから言っただろ」

クラゲが言う。わたしは、階段を足早に下りて行く。

「なんであんた、屋上が開放されてること知ってるの？ このことは、バトン部の子しか知らないし、鍵を持ってるのは志帆と広子先生だけなのに」

「最近、片桐くんからの呼び出し場所が屋上に変わったんだ。小笠原さんに駐輪場で見られちゃったのが原因かも」

クラゲは、ふへへと笑いながら答える。

「はあ？ まだ、お金渡してるの？ なんで断らないの？」

「うーん。断って済むならぼくも苦労はしないよ」

「片桐に、なんか弱みでも握られてるの？」

「まあね」

「志帆はそのこと知ってて、わざわざ鍵開けてやってるってこと？」

「さあ。それは知らないけど」

「あの二人のうわさ流したのはあんたなの？」

「ちがうよ。だいいち、どうやってぼくがうわさ流せるんだよ。話し相手もいないのに」

「だって、さっきあんた笑ってたじゃない。わたしの方見て、非表示ってつぶやいたじゃない。片桐がみんなから変な目で見られて、おもしろがってたんじゃないの？」

「それはそうだけど、うわさを流したのはぼくじゃないし、みんなにからかわれてキレちゃったのは、片桐くんが勝手にそうなっただけでぼくとは関係ないよ」

クラゲの話し方は理路整然としていて、こちらをねじ伏せるくらいの落ち着きと勢いがあった。

「とにかく、これ以上わたしに関わらないで。それと、お金のことはちゃんと自分で断りな。断らない方も悪いんだからね」

「待って」

クラゲが呼び止めたのを無視して、ダッシュでその場を立ち去った。

放課後、わたしを待ち伏せしていたかのようにクラゲが駐輪場でたたずんでいた。こういうときは、シカトに限る。視界に入っていないのをアピールするように、ずっと下を向いていた。

「もう、帰るの？」

「……」

「ねえ、なんで無視するの？」

「……」

「ねえ、ぼくの話を聞いてくれない？」

「……」

「もう、あまり時間がないんだ」

「うるさいっ。あっち行って」

「あ、待ってよ」

クラゲが慌てて自転車に跨る。

「非表示！」

振り向いて、大きな声で叫んでやった。そのまま校門を出る。話しかけたい相手はどんどん遠ざかって行くのに、話しかけられたくない相手は執拗にわたしを構ってくる。イライラしながらペダルに力を込めた。自然と、あのアパートへ体が向いていた。県道を猛スピードで走って行く。

自転車を停め、階段を上り、昨日と同じ要領で中に入る。奥の部屋へ入り、壁を見つめた。ザラザラとした土色の壁には、シミやひび割れが目立つ。女の子の目線に合わせるためにしゃがんでみたが、見つからない。寝ながら書いたならもっと低いかと、さらに下の方を見る。目を細め、端の方からゆっくり見ていく。

「あった」

思わず、息を呑んだ。鉛筆で書かれたそれはとても弱々しい小さな叫びに見えた。書かずにはいられない思いがここにいた彼女にはあったのだ。

──『たすけてください』

その文字を指でなぞってみる。

以前、女子高生が拉致監禁される映画を見た。実際に起こった事件を基に描かれたものということは見終わった後に知った。女子高生は、男が注文した出前の皿の裏に助けを求めるメッセージを書いていた。外の人間と繋がれるものがそれだけだったから。だけど、そのメッセージは誰にも気づかれることなく監禁生活は続いた。

怒りがこみ上げてくる。何度か深呼吸をした。埃が喉の奥に詰まって咳が止まらなくなった。

ふぅーっと息を吐いた。そのとき、なぜだか、男に触れられたときの気持ち悪さが甦った。部屋を出て、足早に階段を下りた。あのときのわたしが甦る。ここから自力で出ることのできなかった女の子に思いを馳せる。

そして、男の特徴を思い出してみる。忘れようと思えば思うほど、浮かび上がってくる男の顔。顎は短くて丸顔。意志の強そうな直線眉。左目の瞼の上にある小さなほくろ。真ん中からぐいと隆起した鼻梁。笑うと片方だけがつり上がる唇。太く短い首に大きな喉仏。

そして、記憶の隅にあるのは、あのときに流れていたメロディだ。日本人が歌っているらしいけど、誰のなんという曲かはわからない。かすかに脳の隅っこに残っているけど、歌詞を口ずさめるほど確かな記憶はない。鼻の頭から息が抜けていく。ハミングを奏でる。

♪ふふ〜んふぅふ〜んん〜

手繰り寄せた記憶の端に甦るのは、英語のフレーズだ。日本語と英語が交じったあの曲は、誰のなんていう曲だったんだろう。

自転車を走らせる。県道沿いのコンビニでコーラを買って、グビグビと喉を鳴らして飲んだ。誰も周りにいないのを確認して、思いっきりゲップをした。

それから、翌日もその翌日もアパートへ通った。特に何をするわけでもなく、ぼーっと時間を過ごした。男がここに戻ってくることはないだろう。万が一、そうなったらわたしは男を殺せるだろうか。

土曜日。部屋に入ると、台所にレジ袋が落ちていた。そうっと、拾い上げる。中には透明のビニールがいくつか入っていて、生臭い臭いがした。ただのゴミだと思えば気にならないけど、昨日まではこんなもの落ちていなかったはずだ。まさか、男がここへ?

なんだか、嫌な予感がした。背筋が粟立つような不快感が襲う。恐る恐る、ゆっくりと進む。奥の部屋に一歩足を踏み入れた途端、思わずギャッと短い悲鳴が漏れた。壁に『殺』の文字が刻まれていたのだ。

「なんでなんで」震えながらその文字を見つめる。

これは、わたしへのメッセージなのか? いったい誰が? わたしを見つけた犯人? ここへ来るなという牽制? 息が苦しくなる。はあはあと呼吸が浅くなる。慌てて、部屋を飛び出した。体の震えが止まらない。やっぱりこんなところへ来てはいけなかったのだ。家に着くまで、誰かに見られているような恐ろしさがつきまとい、無二無三で自転車を漕いだ。

＊

週明けの月曜日。体がだるくて学校へ行く気が起こらない。ダラダラと過ごしていたせいで、家を出る時間が遅くなってしまった。マッハで農道をぶっ飛ばすと、少しだけ気分がスッとした。遅刻ギリギリで入った教室は、いつも以上に騒がしかった。

今日から、テレビの取材が始まる。それが原因なのだろうか。わたしは、騒がしいことよりも志帆のさらなる変貌ぶりに驚いた。志帆は赤いフレームのメガネをはずし、コンタクトデビューしていた。髪も下ろし、きれいにブローされている。毛先が少しだけ内巻きに、くるんとなるようにセットされている。オイルコントロールパウダーで整えた白い肌に、エテュセのカラーリップで潤したピンク色の唇が映える。

できることなら、今すぐ可愛くなったねと声をかけてやりたい。だって、誰も志帆のイメチェンに触れようとしないのだから。いや、それどころではないのだ。

クラスメイトの視線の先を追う。

「どうした？ クラゲー。ついにイカれちまったか？」

片桐がいつもの調子でクラゲをからかう。すると、他の男子もそれに乗っかるようにからかい出す。

「ヤベーよ、それ」

「まっきんきんじゃん」

「スプレーじゃねぇよな？」

珍しい生物を見つけたかのようなテンションでクラゲに群がる男子たち。

クラゲの頭は、金髪になっていた。色素の薄い彼にはとてもよく似合っていて、外国の男の子みたいだ。

いつの間にか、片桐の周りは元どおりに修復されているような雰囲気がある。男子って単純でうらやましい。

志帆の様子が気になり、わたしだけみんなとちがう方を向いている。志帆は、コンタクトの入った瞳で、片桐を見つめていた。こっちに気づいて、と言わんばかりに。そんな志帆の気持ちには全く気づかない様子で、片桐はクラゲをからかう。

わたしは、クラゲと志帆を交互に見ながら席に着いた。鞄から教科書やノートを出して机の中に入れ終わると、クラゲの方に視線を移した。片桐がクラゲの頭をぐしゃぐしゃといじっている。クラゲがうつむき、耐えているのがわかる。相変わらず、長い前髪に覆われて表情が見えにくい。だけど、唇はいつものように「非表示」を繰り返しつぶやいている。

「非表示非示非表示……」

クラゲの唇を凝視した。突然キレる片桐も怖いけど、呪いの言葉を唱え続けるクラゲも怖い。まさか、テレビに映りたくて一か八かで金髪にしたなら大バカだ。さすがにそれはないと思う。目立ちたがり屋の片桐ならともかく、クラゲにかぎってそれはない。何を思って金髪にしたのかはわからないし、説明されたところで納得できるとも思えない。

急に思いついたのだろうか。「そうだ。金髪にしよう」なんて。たまに、勉強している最中に、突然眉毛を抜きたくなったり、前髪を切りたくなったりする瞬間がある。そういう衝動と同じなのだろうか。

少し遅れて教室に入ってきた広子先生は、クラゲを見るなり金切り声をあげた。クラゲは副担任に連れられ教室を出て行く。副担任は、髪も影も薄い初老のおじさん教師で生物を担当している。広子先生がシャキシャキなんでもこなしてしまうので、普段この人の出番は少ない。

「あいつ、どうなるんですか?」

片桐が訊く。

「まだ、わかりません」

低い声で制すると、出欠を取り始めた。

志帆は、手持ち無沙汰にコメカミの辺りに指を当てていた。ぐいぐいっと持ち上げるフレームが今はない。ほんの一瞬、目が合ったけど、すぐに逸らされてしまった。

「不可逆」クラゲの言葉を思い出す。

クラゲの髪は、染めればすぐに元に戻すことができる。だけど、わたしと志帆の関係は、かなりこじれてしまって修復は不可能に近い。

クラゲが戻ってこないまま一時間目が終わり、休み時間になった。

「水沢さん、ちょっと」

広子先生が志帆に向かって手招きする。今日の撮影の打ち合わせかなんかだろう。志帆は、静かに席を立ち、ゆっくりと教壇に近づいていく。わたしは、ぼんやりとその背中を見つめていた。こそこそと耳打ちするように伝えている。広子先生が何を言ったかはわからないけど、志帆が「え?」と大声を出したので一斉にみんなの視線を集めた。

撮影の段取りが変わったとか延期になったとか、そんなところだろう。志帆は、しきりに首を振って「イヤです」と訴える。広子先生は、いつもの困り顔でそれをなだめる。取り乱す志帆を広子先生が連れ出した。

しばらくすると、二時間目の始まりを知らせるチャイムが鳴った。十分ほど遅れて志帆が教室へ戻ってきた。目が赤く腫れているのが気になり、休み時間になってすぐに志帆の元へ駆け寄った。

「どうしたの?」

「サチには、関係ない」

「なんかあったんでしょ？」

「部活やめた人には、関係ない」

志帆の冷たい言葉が耳に刺さる。やめたいと申し出たのは自分だけど、きちんと受理されたわけでもないのに、やめた人扱いされるのは腹立たしい。

他のクラスメイトの視線を感じて、それ以上言い合うのをやめた。志帆は居心地が悪くなったのか、教室を出て行ったまま、三時間目は戻ってこなかった。

昼休み。職員室に行き、広子先生に何があったのか尋ねたところ、屋上に変な落書きがあったため、撮影場所が急遽変わってしまったという。すぐに思いついたのは『殺』の文字だった。急いで屋上へ向かった。階段を駆け上がると、屋上の扉の前で片桐が通せんぼするように座っていた。

「そこ、どいてよ」

「どーせ、開いてねーぞ」

「もしかして、あんた知ってるの？」

「何を？」

「屋上に変な落書きがあったんだって。それで、バトン部の撮影場所が変更になったんだって」

「落書きとか知らねーよ」

「あんたが最後に屋上に行ったのっていつ？　全部知ってるから、隠さなくていい。ここでクラゲからお金受け取ってたことも、志帆とこっそり会ってたことも」

はーっとため息をつきながら「俺が最後に屋上に行ったのは先週の金曜日の昼休みだけど」と答えた。

「そのとき、落書きはなかったんだよね？」

「なかったと思う」

「鍵はいつもどうしてたの？」

「それは、水沢に頼んで……」

「鍵を開けてもらってたのは昼休みだけ？」

「俺が来るときはいつも開いてた」

「は？　てことは、ずっと鍵がかかってなかったってこと？」

「たぶん」

広子先生は志帆に全幅の信頼を置いているから鍵を渡したはずだ。部活の前後だって、志帆が開け締めしていたにちがいない。片桐の言うことが正しければ、屋上の扉は鍵が開け っ放しになっていたということだ。

「あんたがそうするように仕向けたんじゃないの?」

「人聞きの悪いこと言うなよ。どうせ、誰も屋上が開放されてること知らないんだから、いちいち開けたり締めたりしなくても大丈夫だろって言っただけだよ」

「やっぱ、あんたが仕向けたんじゃん」わたしは、落胆の声を漏らす。

志帆は、鍵の開締について広子先生に色々訊かれたのだろう。志帆のことだから、片桐に頼まれたなんてことは絶対に言わないはずだ。自分の不注意で鍵をかけ忘れていた、そんな言い方をして広子先生がもういいと言うまで謝ったはずだ。志帆が頭を深く下げ、すみませんすみませんと連呼する姿が浮かぶ。

「ねえ、訊いていい? 真面目な話」

「なんだよ」

「あんたはさ、志帆のことどう思ってるの?」

「どうって、べつに」

「じゃあさ、志帆の気持ち知ってて利用したってこと?」

「利用ってなんだよ。俺が無理やり頼んだわけじゃねぇよ」

「嘘だ」

「嘘じゃねーよ。水沢の方から屋上の鍵開けてあげようかって言ってきたんだぜ。駐輪場は人目につくからって」

「何それ。信じらんない」

「いちいちキレんなよ。めんどくせー」

「あんたが、志帆の気持ち利用したからこんなことになったんだからね」

「はあ?」

「志帆はわたしの親友なの。あんたなんかに取られてたまるか」

勢いよくまくし立てると、階段を駆け下りた。角を曲がると、廊下に志帆が立っていた。はっと息を吞むと、志帆が「しっ」と人差し指を立てた。

「来て」志帆が囁く。

二人して廊下を無言で歩いた。廊下の端まで行ってやっと声をかけた。

「志帆、さっきの話聞いてたの?」

振り返って「うん」と答える。志帆は、今にも目から涙が溢れそうだ。その顔を見ていると、怒るに怒れなくなり、つい「ごめん」と謝ってしまった。

「知ってたから。片桐くんがあたしのことなんてなんとも思ってないこと」

「じゃ、なんで鍵なんて開けてやったの？」

「サチにはわかんないよね、そういう気持ち」

「もしかして、片桐のカツアゲのこと、志帆はわたしが見つける前から知ってたの？」

「うん」

「そっか。でも、今はそれどころじゃない。撮影のことが心配でしょ？」

「うん」

「広子先生はなんだって？」

「中庭で撮影するって」

「落書きは、なんて書いてあったの？」

「『殺』って」

「やっぱり、そうだったんだ。でも、誰が？」

「知らないよ」

「鍵は、ずっと開けっ放しにしてたの？」

「ううん。部活の後はちゃんとかけて帰ってたよ。他の部員の子たちと一緒に出るのに、かけ忘れたりしたら誰かに気づかれるから。でも、片桐くんがいつ使ってもいいように、朝一で開けるようにはしてた」

「金曜日の部活のときは何も書いてなかったんだよね？」

「うん」

「志帆が今日、屋上の鍵を開けたのは何時？」

「七時五十分ごろ」

「で、最初に落書きに気づいたのは誰？」

「広子先生。テレビ局の人が昼ごろ来るから、その前に開けておこうと思ったんだって。落書きを見つけたのは、たぶん、ホームルームの前じゃないかな」

「広子先生が教室に入ってきたのは八時半ごろ。その四十分の間に誰かがあそこで『殺』って文字を書いたってことだよね？」

「まあね。広子先生が犯人じゃなければね」

「広子先生がそんなことするとは思えない。バトン部の子で、志帆が朝から開けてるの知ってた子いる？」

「いないよ。誰にも言ってない」

「じゃ、片桐？」

「片桐くんがそんなことするわけないじゃない」

「でも、あいつ机にカッターでさ……」

「変な落書きして屋上使えなくなって困るのは、片桐くんもなんだよ」

「そっか。じゃ、クラゲ？」

「一番怪しいよね。もしそうなら許せない」

「でもさ、鍵開けて片桐のカツアゲの手助けしたのは志帆なんだよ」

「わかってるよ。でもさ、クラゲは、どういうつもりなの？　わざわざ、あんな文字を書いて片桐くんを殺す気なわけ？　あの突然の金髪はこれから事件を起こしますという意思表示？」

志帆は、ややパニックになり、思ったことを吐き出すようにまくし立てる。

「待って待って。志帆、落ち着きなって」

「なんなのよ。そんなことであたしたちの屋上を汚さないでよ」

わたしは、興奮する志帆の前で何も言い返せなくなっていた。なんとなくちがう、という思いを志帆にわかってもらうのは難しすぎる。あのアパートで見た『殺』と屋上の『殺』を書いたのが同一人物なのかもわからない。どうにか、見ることはできないだろうか？　そうすれば、文字の特徴などから同一人物かどうか少しは判断しやすいのに。

「でも、撮影がなくなったわけじゃない。サチは、どうするの？　本当にコンクール出ないつもりなの？」

「うーん」

この期に及んで、志帆にあのことを話すのを躊躇ってしまう。

「もういいよ」

志帆は、怒って行ってしまった。待って、のひとことが喉の奥に詰まって出てこない。ちゃんと説明すれば、きっとわかってもらえるはずなのに。


放課後。中庭での撮影が始まると、バトン部以外の子たちも興味本位でたくさん集まっていた。わたしは、結局志帆に何も伝えることができないまま駐輪場へ向かった。今日、ずっと学校が騒がしかったのは撮影があるせいだけじゃない。クラゲの金髪事件もあったからだ。退屈な毎日へのスパイスとしては十分すぎる出来事だ。

「待ってたよ」

駐輪場で、クラゲがわたしの方をまっすぐに見つめて立っている。

「なんでいるのよ。帰らされたと思ったのに」

「ずっと、生徒指導室で自習させられてたんだよ。あー疲れた」

「で、なんなの？　その頭は」

「やめてよ。小笠原さんまで」

「誰だって不思議に思うでしょ。急にそんな頭にしてきたら」

「じゃ、逆に訊くけど、みんなが髪型変える目的って何？」

「気分転換とか」

「でしょ？　それなのにみんな寄ってたかってなんでなんでって訊いてきてさ。単純に、一度やってみたかっただけなのに」

クラゲが全く悪びれる様子もなく、当然のように答えるので、つい笑ってしまった。

「そんな理由、誰が納得するのよ。でも、けっこう似合ってるよ」

わたしが褒めると、クラゲは照れたのか、前髪をクシャクシャッと触って一瞬空を見上げた。夕日をバックにしているせいか、とても美しい仕草だった。

「ねえ、Pay money To my Painって訳せる？」

「知らない。そんなの習ってない」

「〝俺の痛みに金払え〟って意味なんだ」

「で、それが何？」

「ぼくの神は、Pay money To my Painっていう日本のロックバンドなんだ。通称P.T.P。ボーカルのKは、命がけで曲を作った。何かを作るという行為は、ものすごい痛みを伴う。俺は痛み、辛いことを吐き出すから、おまえらはそれを金出して買えっていう、ちょっと皮肉った思いをバンド名に込めたと言われている。Kは、死んでしまったから、もう新しい曲は聴けないんだけど、ちゃんと魂は残ってるし、それを残そうとしてくれてる人たちもいる。その一つに『Ｖｏｉｃｅ』って曲があってさ、小笠原さんも聴いてみない？　きっと、気に入ると思うよ」

「ごめん、興味ない」

冷たく吐き捨てた。

「小笠原さんにもいる？　神」

「そんなものいない。だいたい神って何？」

「だからさ、心の拠り所だよ」

「……」

わたしにはそんなもののない。そもそも、神様なんて信じていない。都合のいいときに神様お願いって心の中で念じても、いつだって助けてくれたことはない。あのときだってそうだった。あれは、神様なんかじゃない。たまたま、運とタイミングがよかっただけだ。

「ねえ、これが何かわかる？」

クラゲは、ポケットから彫刻刀を取り出して見せてきた。

「まさか、屋上の落書きって、あんたがやったの？」

正直、がっかりした。クラゲがそんなことするなんて信じられない。

「そうだよ」

「なんでそんなことしたのよ」

「だって、片桐くんにこれ以上お金を取られるのはイヤだからさ。物騒な落書きが見つかればいいんじゃないかなって思ったんだ」

「バカじゃないの？　あんたのせいでバトン部の撮影場所が変えられちゃったんだよ」

「え？　どこに？」

「中庭に変更された」

「マジかー。中止になるかと思ったよ」クラゲは自分の行いを反省したのか、頭を抱えるようにして顔をしかめた。

「わざわざそんなことしないで、ちゃんと断ればいいでしょ？　それに、屋上が閉鎖されても、場所変えてお金せびってくると思うけど」

「ふへへ。なかなか、いいアイディアだと思ったんだけどなー」

「ねえ、町中の落書きもあんたなの？『殺(ころす)』って」

「……」

今までふざけていたクラゲが、急に真顔になった。

「黙ってないで答えてよ」

クラゲは、無言でうなずいた。

「じゃ、あのアパートのも？」

「うん。ぼくが全部やった」

今度は、開き直ったように明るく答えた。

「なんで？」

「人ってさ、一度見たものとか感じたものって忘れないよね？　忘れたいことほど忘れられなかったり。もう、知らなかった時点には戻れないんだよ。不可逆」

「それさ、前から言ってるけどなんなの？」

「ぼくに、興味持ってくれた？」

「なんでわたしに関わるの？　なんであのアパートに行ったの？」

「質問返しはルール違反だよ。でも、小笠原さんは特別だから教えてあげる。あのアパートに行ったのは、小笠原さんのことをつけてたからだよ。TSUTAYAで店員さんに話しかけるところからずっと見てたよ。気づかなかった？」

「なんで？」

「もう、なんでばっかり。まだ気づいてくれないなんて、こっちの方がなんでだよ」

「は？　意味わかんないからちゃんと説明して」

「説明はちゃんとするよ。でも、それはまた今度だ。ねえ、小笠原さん、ぼくの復讐を手伝ってくれないかな」

「誰に復讐するの？」

「もちろん片桐くんだよ」

わたしは、とんでもないやつに捕まってしまったことを激しく後悔していた。

「なんでわたしに頼むのよ。一人でやりなよ」

「だって、小笠原さんとぼくは仲間だから」

「あんたと仲間になった覚えはない」

「明日の放課後、あのアパートで待ってる」

クラゲは、いつものように唇の両端をキュッと上げると、のろのろと自転車で去って行く。

＊

翌日、クラゲは学校に来なかった。

バトン部の撮影は、順調らしい。広子先生は、しつこく参加するように言ってきたけど、わたしは頑として無視し続けた。

放課後、自転車を走らせアパートへ向かった。クラゲの言う復讐ってやつを手助けするつもりはない。だけど、どうしても訊かなければいけないことがある。

階段を上り、廊下を進むと、玄関の扉が開いた。クラゲが「やあ」と右手を挙げて挨拶する。毎回、台所の窓から侵入するのはめんどくさかったので、鍵を開けてくれて助かった。

なんだか、クラゲの家に招かれたような錯覚を起こした。チェックのシャツにジーンズといったラフな恰好だけど、制服よりは似合っている。ニット帽をとると、ふわふわの金髪が現れた。

「あんたは、何を企んでるの?」

「まあ、座って話そうよ」

促しながら、クラゲは壁に背中をつけて座った。

「なんなのよ、いったい」

口を尖らせ文句を言い、仕方なくクラゲの隣に五十センチほど間隔を空けて座った。

「あ、そうだ。お腹空いたでしょ」

　クラゲはリュックからレジ袋を取り出した。

「もしかして、前もここで何か食べた？」

「あ、うん」

「なんだ。あんただったんだ」犯人じゃなかった、と胸を撫でおろす。

「ふへへ。すみません。はい、これどうぞ」

　クラゲの手には、かまぼこやソーセージが握られていた。

「買ってきたの？」

「うち、水産加工工場やっててさ、そこで練り物とか揚げ物とかおにぎりとか色々作ってるんだ。一番の売れ筋は、辛子明太子入り魚コロッケ。あ、こっちの辛子明太子おにぎりも定番で美味しいよ」

　クラゲの差し出したおにぎりに書かれた文字をじっと見つめる。ふと、お母さんの顔が浮かんだ。辛子明太子おにぎりを見ると、なぜか辛くなる。お母さんに置き去りにされたことを思い出すからだ。

「ごめん。嫌いなんだ、辛子明太子」

「辛（から）いの苦手なら普通のもあるよ」

「そうじゃないの。この字を見ると、お母さんのこと思い出すから。辛子の辛って、辛（つら）いって書くでしょ?」

「小笠原さんの名前って、幸だよね?」

「そうだよ」

クラゲは、リュックから筆箱を取り出し、油性ペンを手にすると何やら書き始めた。

「これならいいんじゃない?」おにぎりを差し出す。

「ん?」

よく見ると、クラゲは「辛」に一本線を足し「幸」にしていた。

「幸子明太子おにぎりだよ」

「あはは。ウケる」

ゲラゲラと声に出して笑うと、クラゲもふへへと笑い出した。

「これから、サチコって呼んでいい?」

「べつにいいよ」

思いっきり笑ったせいか、クラゲの申し出を軽く笑い飛ばせるくらいには和んでいた。このまえ来たときは、あんなに恐ろしい場所だったのに。隣に誰かいるだけで全く別の空間にいるように感じるから不思議だ。フィルムを外し、サチコ明太子おにぎりにかぶりつく。久しぶりに食べるその味はピリリと辛く、とても懐かしく辛い思い出の味がした。

「サチコの家って、継母なんだってね」

「なんで知ってるの？」

「だって、サチコの家って有名な和菓子屋さんでしょ？」

「べつに有名じゃないよ。ただ、古いってだけ」

「うちのおばあちゃん、そこの常連なんだ。大将の再婚はまちがいだったねーって近所の人と話してるの聞いたことがある」

「へー。悪いことはできないね。この町にいるとなんでも筒抜けだ」

「ちなみにおばあちゃんは、十円饅頭が好きでよく買って来るよ」

「あ、あれね。一番の売れ筋」

大牟田銘菓の草木饅頭を真似て作ったニセ饅頭だけど。

「小学生のころ、おばあちゃんに連れられて行ったことあるんだ。甘い匂いが奥からしてきてさ、いいなって思ったんだ。うちの工場は、死んだ魚の生臭い臭いしかしないから。ちなみに、ぼくは三色団子が好きだな。中に入ったみたらしの餡がとろーっと甘くてうまいんだよね。焼き上げた団子に砂糖醤油の葛餡をからめるのが定番なのに、サチコん家のみたらしは団子の中に入ってる。もちもちトロトロで最高なんだよ」

「そうなんだ」

わざと、素っ気なく答える。急に距離が近くなったのが恥ずかしくて、顔を背けて残りのおにぎりを一気に食べた。クラゲは、そっとペットボトルのお茶を取り出し、勧めてくれた。もごもごしながら、ありがとうと頭を下げる。いつの間にか、お互いの肘が当たるくらい近づいていた。クラゲの顔が真横にある。

「サチコはさ、本当のお母さんに会いたいなとか、甘えたいなとか思ったりする?」

「思わない」

「自分が不幸だなって思ったことは?」

「べつに。わたしよりもっと辛いこと抱えてる人なんてたくさんいるだろうし」

「やっぱ、冷めてるね。そういうとこ、嫌いじゃないよ」

「なんで上から目線なのよ」

「べつに不幸自慢するわけじゃないけど、うちの母親も、ぼくが小学生のとき出て行っちゃったんだ。今は、継母がいる」

「だから、わたしのことを仲間だなんて言ったの?」

「んー。まあ、それもあるかな。お母さんが出て行った後、おばあちゃん家(ち)に預けられたんだ。お父さん、仕事で忙しかったから。しばらくして、お父さんが再婚して、新築の大きな家建てて、ぼくの部屋も作ってくれた。でも、ぼくはそのままおばあちゃんの家で暮らしたいって言ったんだ」

「どうして？」

「なんとなく、居づらいっていうか、馴染めないっていうか」

「わかる。他人が家にいるって落ち着かないよね」

「うん。おばあちゃん家の方が居心地いいし」

「そっか。あんたも親に振り回されて生きてきたんだね」

「ふへへ」クラゲの笑い方は、いつもぎこちない。

「でもさ、家庭環境が似てるっていう共通点だけで色々と絡まれるのは、ちょっと迷惑なんだけど」

「サチコは今、頭の中がクエスチョンマークだらけでしょ？」

「うん。さっぱりわからないよ、あんたの考えてること」

「片桐くんへの復讐を手伝ってくれたら全部教えるよ」

「わたし、今それどころじゃないんだけどな。ちなみに、復讐って、具体的に何するの？」

「Pay money To my Painだよ。つまり、〝ぼくの痛みに金払え〟ってことさ」

「カツアゲのお金を取り返すってこと？」

「ピンポン」

「どうやって?」

「ぼくに考えがあるんだ。この金髪はそのための布石なんだよ」

クラゲは、髪をクシャクシャッと揉んで微笑んだ。

「断るって言ったら?」

「サチコに選択肢は一つしかないはずだよ」

「何それ。わたしが絶対協力するみたいな言い方」

「ふへへ。だって——」

クラゲは自信満々に言うとスマホを取り出し、わたしはＬＩＮＥの連絡先の交換を無理やりさせられた。

その後、半ば脅しのような感じで、わたしに計画を伝えてきた。最初からわたしがＹＥＳと首を縦に振ることを知っていたかのように、満足げに微笑む。こいつに主導権を握られるのは悔しい。その憎たらしい微笑を見ていたら、一瞬、計画なんて失敗してしまえばいいのにと思った。

クラゲの計画を頭で反芻しながら自転車を全力で漕ぐ。続きはまたあとで説明すると言われて別れたけど、果たしてうまくいくのか疑問だった。それに、まだ『殺』の本当の意味もわからないままだ。計画がうまくいってから全部教えるなんてもったいつけて、どういうつもりなんだ。家庭環境が似ているからってだけで、なぜこんなめんどくさい復讐計画にわたしが参加しなければいけないのだろう。

あー、モヤモヤとイライラが止まらない。

クラゲにもらった練り物の入ったレジ袋が風になびく。

家に帰るなり、クラゲから送られてきたLINEの画面をじっと見つめた。

計画その1、片桐の好きなアニメを徹底的に覚える。できれば今日中に。

貼り付けられているURLをクリックすると、片桐が好きそうなお目々キラキラ系アニメがポップなメロディに乗って現れた。『ドットコム秋葉原』というサイトで、似たようなアニメがずらりと並んでいる。その中でも片桐が好きなのは、二次元から三次元を生み出した声優ユニットの先駆け的存在のグループらしいけど、アニメが好きなのかアイドルが好きなのか、わたしにはよくわからない。おそらく相乗効果を狙った商法なのだろう。アニメのキャラクターを実在するアイドルだと思い込ませることでファンを煽るそういうやり口。どうがんばっても、二次元の女の子と恋愛はできない。それが三次元となれば、可能性や欲望は広がる。会えるなら会いたいし、会ったらもっと好きになる。そういうファンの心理をうまくついている。

♪るるるる～　キラキラ～

サイトのトップページを開くと自然と音楽が流れるサイトだった。ミュートにして画面をスクロールしていく。『プリンセスの園～シンデレラガールになりたくて～』通称プリソノ。タイトルを口にした瞬間、急に恥ずかしさがこみ上げてきた。

プリソノのメンバーは全員で六人。それぞれの名前や性格、声優の名前、曲のコンセプトなど、覚えなければいけないものが多すぎて、どこから手をつけていいかわからない。さらに、メンバーカラーや決めゼリフ、コンサートでのファンとの掛け合いなど、興味のないわたしにはちんぷんかんぷんだ。ふつうのアイドルのプロフィールを覚えるより、よっぽど複雑で難しい。アニメのキャラクターと声優の顔を照らし合わせて覚えるだけでも一時間近くかかった。これを一日で覚えられる脳みそがあるなら、テスト勉強なんかしなくても学校の授業を聞いているだけで満点が取れそうだ。

クラゲに、「無理だー」と、ＬＩＮＥを送ってみると、すぐに「親友を取り戻したいんだろ？　部活に戻りたいんだろ？」という脅しとともに〝頑張れスタンプ〟が送られてきた。

　さっき、アパートでクラゲと話したことを思い出していた。

『ふへへ。だって、ちゃんとサチコにもメリットがあるもん』

『あんたの復讐なのに、なんでわたしが得するのよ』

『サチコは、本当は部活をやめたくないって思ってる。やめたいって言ったのは、例の撮影がイヤだから。そのことで、水沢さんとケンカしてしまったことを後悔している。しかも、片桐くんに水沢さんを取られてしまったような気がしてイラついている』

『そうだけど……。でも、あんたが片桐からお金を取り返すのが、わたしと志帆になんの関係があるのよ』

『水沢さんはさ、片桐くんが好きだから、悪いことだとわかった上で屋上の鍵を開けてあげたんだよね？』

『そうみたいだけど』なんでこいつは、なんでも知っているんだろう。

『つまり、片桐くんが今の片桐くんじゃなくなればいいってことだと思わない？』

『あんたの説明回りくどい』

『ぼくさ、いつも一人でぼーっとしてるだけのように見えるでしょ。たぶん、みんなからしたらいてもいなくても変わらない存在。草とか木とかそんなレベル？　でもさ、一応ぼくは人間なんだよ。だから、ぼーっとしてるってけっこう退屈でさ。じゃ、何するかって言ったら人間観察するしかないんだよね』

『だから？』

『片桐くんのことをさ、女子たちがオシャレでかっこいいって話してるの聞いたことがあるんだ。そのとき、水沢さんもいてさ。他の女子が髪型とかイケてるよねーって言ったとき、水沢さんがうんうんって笑顔で賛同してるの見たんだ』

『だから？』

『水沢さんは、片桐くんのかっこいいところが好きなんだよ。髪型も含めてね。要するに、片桐くんがかっこ悪くなれば水沢さんは幻滅しちゃうってことだよ』

『お金を取り返すことと、片桐がかっこ悪くなることとどう関係があるのよ』

『あのオシャレな髪型をさ、丸坊主にしちゃうってのはどう？　ぼくの知る限り、よっぽど整った顔をしてない限り、丸坊主ってかっこよくはならないと思うんだよね』

『まあ、そうだけどさ。どうやってあいつを丸坊主にするの？　睡眠薬でも飲ませてバリカンで刈っちゃうとか？』

『そんな手荒なことはしないよ。自らの意志で丸坊主にさせてみせるよ』

『は？　無理に決まってるじゃん』

『大丈夫。サチコが手伝ってくれるなら』

『もし仮に、計画が成功して志帆が片桐のことを嫌いになったとしても、志帆とわたしが仲直りできる保証なんてどこにもないじゃない』

『ああ、そこの問題ね。簡単なことだよ』

『また、わけわかんない。どういうことかちゃんと説明しなさいよ』

『ぼくは、サチコが部活をやめたいって言った本当の理由を知ってる』

『本当の理由？』ドキッとした。ハッタリに決まっている。いくら観察力が優れているからといって、わたしの本当の気持ちなんてわかるはずがない。

『とにかく、この計画が成功してからだ』

その後、クラゲは自信満々に計画を語り始めた。


クラゲに指定された通り、一晩中、プリソノの情報を頭に叩き込む作業に没頭した。曲もできるだけ覚えてと言われたけど、そこまでの余裕はなかった。一夜漬けの丸暗記は、テスト勉強だけで十分だ。付け焼き刃の知識なんて、果たして通用するのだろうか。片桐に何か質問されても、まともに答えられるかどうかはわからない。だけど、できるかぎりのことはやった。

計画その2、片桐に自分もアニメオタクになったことをアピールする。

これは、難題だ。そもそもどう切り出せばいいか皆目わからない。教室で片桐に話しかければ、志帆の視線が気になるし、他のクラスメイトだって不思議に思うだろう。

昨日、クラゲは、わたしの疑問に一つ一つ丁寧に解説してくれた。

『なんでここまで徹底的に覚えなきゃいけないの？』

『神を崇拝する人間には、新規の信者を受け入れたくない心理がある。それが、ニ、ワ、カであれば尚更腹が立つ。だから、完璧に覚えてもらわないといけない』

『これ、うまくいくの？』

『サチコは、とにかくぼくの言う通りに動けばいいんだよ』

クラゲに指示されるのが腹立たしいけど、あそこまで自信満々に言われると、もう何も言い返せなくなってしまう。

そして、わたしが少しでも不平不満を口にすると、クラゲは決まってこのセリフで黙らせるという手段に出た。

『この計画が全てうまくいったら、サチコと水沢さんは仲直りできる』と。

学校に着くなり、片桐の姿を探した。いつものように前髪をいじりながら、クラスメイトと楽しげにしゃべっている。あれが丸坊主になるなんて、全く想像できない。

昼休み、志帆がバトン部の子たちと中庭で練習している姿を確認すると、屋上前の階段に行ってみることにした。片桐は、いつもの姿勢で音楽を聴いていた。

「いた」小さくつぶやいて、「ねえ」と大きな声で話しかける。

「なんだよ」イヤホンを外し、怪訝（けげん）そうな顔をする。

「あ、えっと、その、なんて言うか……」

どう話しかけていいかまるでわからない。

「プ、プリソノって、いいよね」

「は？　なんだよ、急に」

「実はさ、最近めっちゃハマってるんだよね」

「あっそ」

「あんた、詳しいんでしょ？」

「は？　何が？」

「いや、だから色々……」

「おまえと話すことなんてねぇよ」

「新曲のＣＤのさ、初回限定版だけに入ってるシークレットトラック、あれ面白いよね。気づいたとき、感動したなー」

「へー」

「わたしの推しはさ、紫の優ちゃんって子」

「へー」

「やっぱ、ダンスのキレが他の子とちがうよね」

「へー」

「なんて言うか、キャラが立ってるところもいいし」

「へー」

「あんたの推しはどの子？」

知識を叩き込んだのはいいけれど、片桐の心を揺さぶるポイントまではわからない。どんな情報も空回りで、だんだん体が火照って妙な汗が出てくる。

「♪るるる～　ららら～　あたしをシンデレラにしてくれる王子様はどこですか～」

恥ずかしさを押し殺して、コンサートでのコール＆レスポンスを振り付きで真似てみた。

「おまえ、キモい」

「ちょっと、ちゃんと返してよ」

ダメだ。全然、こっちを見ようともしない。自然な流れを作ろうとしたけど、これ以上続けていても逆効果だ。それより、早く本題に移った方がいいと思った。クラゲのアドバイスを思い出す。人の心理やら希少性がどうのこうのっていう小難しい説明を受けた。

「あのね、わたしのいとこもプリソノが好きでさ、こないだハイタッチ会に行ってきたんだって」

「マジか？　そいつ、東京まで行ってきたのか？」

たったひとことで、簡単に食いついてきたので驚いた。

「そ、そうみたいだよ。なんか、ＣＤを死ぬほど買って当たったとか言ってた」

ＣＤ購入時に封入されているシリアルナンバーをメールで送ると、抽選でイベントのチケットが当たるというものだ。

「いいなー。俺も毎回かなり買ってんだけど、当たったことねぇんだよ」

「今度の日曜、福岡でもイベントあるじゃん」

「え？　おまえ当たったの？」

「ううん。ハズレた」

「なんだよ」

「プリソノのファンのTwitterに、チケット譲りますって書いてたりする人いるじゃん」

「ああ、俺も探したよ。でも、すごい競争率だからな。まあ、かなり金出さないと譲ってくれるやついないよ。それに、なかなか条件合うやついないし」

「もし、譲ってくれる人がいたら、いくらまで出せる？」

「まあ、せいぜい五万だな」

「えー。たったの？　それじゃ無理だよ」

「条件次第では、もっと出せるけど」

わたしに否定されたのが悔しかったのか、強気に言い返してきた。

ここは、クラゲに指示された通り、相手の反応を見ながら慎重に攻める。

「実は、十五万で売ってる人がいてさ」

「十五？　高すぎだろ」

「なんかね、その人、福岡に住んでる中学生らしいの。で、身分証も貸してくれるって。でもね、残念ながら男の子だったんだ」

最近のコンサートでは、チケットの転売防止のため、入場時に身分証の提示を求められる場合があるらしく、譲渡の際にチケットと併せて身分証の貸出を行う人もいる。

「ちょちょ待て待て。おまえ、それどうした？」

「諦めたよ。だって、さすがに男の子の身分証じゃバレちゃうでしょ」

「おまえ、そいつの連絡先教えろよ」

「え？ あんた、買う気なの？」

「もちろん。だって、そいつ男子中学生なんだろ？ 身分証も貸してくれんだよな。どうにかいけるだろ」

「お金は、持ってるの？」

「まあ、それくらいは貯めてある」

「もしかして、それって……」

クラゲから取ったお金でしょ、というひとことは呑み込んだ。計画がバレてしまっては元も子もない。その後、気分のよくなった片桐は延々とプリソノへの情熱を語り出した。昨日、頭に叩き込んだ情報を頭の中でおさらいしながら、必死に食らいついた。ボロが出ないように、わからないことには笑顔でうなずいて同調する。

チャイムが鳴り、駆け足で階段を下りる。ものすごく疲れた。早く昼休みが終われなんて思ったのは、初めてだ。

教室に戻る途中、クラゲにＬＩＮＥで報告する。やれることはやった、と送信。ソッコーで、〝よくできましたスタンプ〟が送られてきて、ホッとした。

放課後、わたしは褒められたい一心で自転車を漕ぐ。アパートの階段を駆け足で上る。当たり前のように、ここが待ち合わせ場所になっているのもなんか不思議だ。

「サチコ、バトンのコンクールっていつなの？」

アパートに入るなり、クラゲが訊いてきた。

「夏休み最初の日曜日」

「ちゃんと、自主練はやってるの？」

「やってないよ。だって、わたしコンクールに出ないし。それに、もうやめた人扱いされてるもん」

「ダメだよ。ちゃんとやらないと」

「なんでそんなこと」

「だって、サチコはコンクールに出るから」

「はあ？　出られるわけないじゃん」

「水沢さんと仲直りしたら、部活に戻りなよ」

「うーん」

「サチコ、そんなに撮影イヤなの？」

「イヤっていうか、怖い……」

志帆と仲直りはしたい。だけど、それが解決したからといって、すぐに部活には戻れない。あの撮影が中止になれば話は別だけど、わたしがジタバタしたところでそれはもうどうにもならないところまできている。

「プリソノの福岡のイベントはいつか覚えてる？」

「今度の土曜日」

「片桐くんは、今日なんて言ってた？」

「イベントのチケットを買うって」

「つまり、計画は順調ってことだよ」

「それはわかるんだけど、いまいち腑に落ちないんだよね。ただ単に、あんたに利用されてるだけな気がしてさ」

「この計画が全てうまくいったら、ちゃんとサチコが納得できるように全部説明するから」

「わかった。とりあえず、計画がどこまで進んでるか説明してよ」

「これ、見て。早速、片桐くんから連絡が来たよ。チケットを譲ってくれませんかって」

クラゲは、いつごろからこの計画を練り始めたのかまでは教えてくれなかったけど、相当前から考えていたのではないかと思うほど緻密なやり口だった。こんな使い方がSNSにあるのか、と感動さえしてしまうくらいに。いや、わたしが知らないだけで、こういうことはよくあるのかもしれない。

わたしは、最近流行っているSNSは苦手で、LINEのメッセージを送る以外では使っていない。インスタとかTikTokとか17LIVEとかミクチャとか色々あるけど、どれも見る専門で自ら発信したりはしない。学校という狭い空間でさえ人付き合いは大変なのに、全く知らない人たちと繋がるのはめんどくさそうだなというのが一番の理由だ。

クラゲは、自分のスマホ画面をタップし、鳥のアイコンを開いた。Twitterのヘッダーにはプリソノのメンバーが勢揃いしてウィンクしている画像が現れた。フォローとフォロワーの数は、それぞれ二千を超えている。おそらく、一週間やそこらで集められる数ではないだろう。

自己顕示欲を満たしたいツイッタラーや、広告目的として利用する有名人は別として、一般人がTwitterをする目的はそれぞれちがうはずだけど、わたしが思うに、三パターンに分けられる。一つ目は、ただ自分の思ったことをつぶやいてストレスを発散するため。二つ目は、出会いを求めて誰かと繋がるため（マッチングアプリのような感覚で利用している人もいる)。三つ目は、同じ趣味の人と集い情報を交換するため。それ以外の目的は、よくわからない。仕事で使う人もいれば、犯罪に使う人もいるだろう。使い方は、無数にある。

クラゲのTwitterはおそらく三つ目の、同じ趣味を持つ人が集う目的で作られたアカウントだということはわかる。そして、それを意図的に作り上げたということも。クラゲ自身、アニメにもプリソノにも興味があるわけではない。ただ、片桐に復讐するためだけにこのアカウントを作ったのだ。

「でさ、ずっと気になってたんだけど、あんたはそのチケットをどうやって手に入れたの? 片桐が言うには、ものすごいお金をかけるか一生分の運を使いきるかのどちらかだって」

「そんなもの、持ってないよ」

「はあ? どうする気よ。片桐は、買うって言ってきてるんでしょ?」

「うん。べつに、現物がなくても大丈夫だよ。だって、片桐くんだって本物のチケット見たことあるわけじゃないんだし」

「そりゃそうだけど、どうすんのよ」

「当たった人がさ、調子にのって画像をアップしてるの見たことない? これ、当たりましたイェーイっていう自慢ツイート」

「あるようなないようなな。でも、そういうのって一番大事なところは隠してるでしょ？」

「まあ、そうだね。席番号とか、個人が特定されるような箇所はぼかし入れたりする。でも、そんなのはどうでもいいんだ。サイズやデザインさえわかれば、それっぽいものは作れる」

「もしかして、偽物を作るってこと？」

「ピンポン」

「バレたらどうすんのよ」

「見たことないものは、疑いようがないさ。これが本物だと強く言えば、相手は信じる。どうしても手に入れたいものであればあるほどね」

「そうかな」

クラゲは、自信満々にうなずき、リュックからカラフルな封筒を取り出した。

「開けてみて」

「これって、プリソノのチケット？　あんたが作ったの？　どうやって？」

硬いしっかりとした素材の紙で、プリソノのロゴやツアーイベントの文字も綺麗で、細かい文章なども裏面に印字されている。

以前、ジャニーズのコンサートに行った友達が見せてくれたチケットの半券も、こんな雰囲気のものだった。確かに、本物だと言われれば信じてしまうかもしれない。

「パソコンもプリンターもうちにあるんだ。イラストレーターとフォトショップというソフトを使えれば、そこそこの偽物は作れるんじゃないかな。まあ、これからは電子チケットが主流になってくるだろうけどね。今回は、紙チケットでラッキーだったよ」

「ねえ、待って。片桐は騙せるかもしれない。だけど、プリソノのイベントスタッフはさすがに気づくでしょ」

「そりゃ、そうだろね」

「じゃ、ダメじゃん」

「なんで？　ぼくたちの目的は片桐くんにイベントを楽しんでもらうことじゃないよ。お金を取り返すことだよ」

「あ、そうだ。お金よお金。どうするのよ」

「お金は、イベントの当日、受け取る段取りになっている。チケットと身分証を渡すときにお金を受け取るつもりだよ。だから、片桐くんさえ騙せればあとのことはどうでもいいんだ」

「ちょっと待って。そう簡単じゃないよ。その後、どうすんの？」

「おそらく、片桐くんは入り口でイベントスタッフに止められるだろうね。運が悪ければ、警察沙汰だ。まずは、騙されたって必死に主張するだろう。十五万も騙し取られたって。そして、そんな大金どうやって手に入れたのか訊かれるはずだ。その状況で彼がちゃんと説明できるとは思えないけど。ぼくから取ったお金なんて言えるわけないし。そもそも、転売自体がアウトなんだ。それなのに、彼は偽物の身分証まで持っている。そしたらいろんなボロが出てきて、もう最悪だ。だったら、必死に謝って事なきを得ようとするんじゃないかな。それに、偽造チケットなんて珍しいことじゃない。わざわざ、たった一枚のために警察が動いて出所を特定するなんてことまでしないと思うけどね。まあ、一応対策はとってるから大丈夫だよ」

クラゲは、どこにそんなエネルギーがあるのかと思うほど、しゃべりだすと息継ぐ間も無く一気にまくし立てる。普段、誰とも会話をしない分、パワーが有り余っているのかストッパーが外れているのか、とにかく早口でしゃべった。

わたしは、まず片桐に譲ってくれると言っている人物（クラゲのこと）を信用させるために Twitter の画面を見せた。クラゲがずっと前から準備していたものだ。Twitter のフォロワー数の多さが信用度を増す心理はなんとなくわかる。そしてそのあと、個人的に連絡を取っているというメールアドレスを教えた。クラゲの説明によると、Twitter のアカウントを削除しても警察が介入してくれば、個人を特定されて見つかってしまうらしい。

そのために、連絡手段はTwitterのDM（ダイレクトメッセージ）ではなく、メールでなければいけなかった。手に入れたアドレスは、海外のサーバを経由しているから、そう簡単には個人特定まではでは至らないということらしかった。

つまり、万が一警察がTwitterのログを辿ってクラゲを見つけたとしても、片桐とチケットの売買についてやりとりしている証拠はどこにもない。

もし、片桐がわたしの名前を出した場合は、自分も騙されたと主張しろと言われた。どうにもならなくなった場合は、全部自分が責任を取るとまで言い切った。

「身分証はどうすんの？　そもそもどうやって渡すの？　あんただってバレたら、その時点でアウトだよ」

「大丈夫だよ。サチコ、目をつぶってぼくの顔が浮かぶ？」

「あんたの顔なんてよく見たことないし」

「でしょ？　みんなぼくの顔なんてまともに見たことないんだ」

「だからって、身分証どうすんの？」

「それは、当日までのお楽しみってことで勘弁してよ」

「はあ？」

「敵を欺くにはまず味方からって言葉あるでしょ？」

「またわけわかんない」

「とにかく、ぼくのこと信じてよ。全て計画がうまくいけば、二人ともハッピーになれるんだからさ」

「リスク高すぎない？」

「痛いよりはマシだよ」

クラゲは、歯をもろに出してニッと笑いながらピースサインをした。不覚にも、キュンとしてしまったのは、その笑顔がわたしだけに向けられたものだったからだ。誰かに必要とされている、それだけで嬉しかった。わたしだけが知っているクラゲは、知的で大胆でユーモアがあって優しくてたまに小憎らしいけど、一緒にいると楽しい。なんだか、それはとても貴重な宝物を見つけたような感覚だった。


それから土曜日までは、穏やかな日々が続いた。

志帆は、相変わらず部活に全力投球という感じだし、片桐はプリソノのイベントに参加できる喜びで浮かれっぱなしだし。

たまに片桐に呼び出されて、プリソノトークに付き合わされることが少々苦痛だったけど、あと少しの辛抱だと思えば耐えられた。

クラゲの不登校については誰も話題にしなかった。元々クラスの隅っこにいた人間が、ただ学校に来なくなっただけの話。興味もなければ心配もしていない。

わたしは、昼休みになると一人で図書室へ向かう。『孤高の美少女』シリーズ五巻が返却されているか確かめるために。

最終巻で何が語られるのか、第五の殺人の動機が何なのか知りたくて毎日通ったけど、未返却のまま一週間以上が過ぎた。

＊

プリソノのイベント当日。

クラゲは、博多駅に正午集合とＬＩＮＥで指示してきた。九州新幹線が開通して、新大牟田駅から博多駅まで約三十分で行けるようになったらしい。

らしい、というのは、おそらくわたしが博多駅に行くためにわざわざ新幹線を利用することはないからだ。中学生のくせに新幹線を利用するなんて贅沢（ぜいたく）だし、時間なんて腐るほどあるんだから運賃をケチった方が断然賢いと思う。

だけど、JRの快速に一時間以上も乗っていると、なんで休みの日にわざわざこんなことをしなければいけないのだろうという怒りがこみ上げてきた。もう、わたしの役目は終わったはずなのに、クラゲはちゃんと計画が成功するのを見届けてほしいと言ってきた。時間厳守、そう言っていたのはクラゲの方なのに、五分すぎても待ち合わせの場所に現れない。

もう一度、LINEを開いて確認する。『博多駅の総合案内所に正午』やはり、ここでまちがいない。博多駅には、博多口と筑紫口があってどちらもこれといった目印がない。渋谷駅にあるハチ公像とかモヤイ像的なものはない。だから、ちょうど真ん中にある総合案内所を指定してきたのだろう。

LINEで「着いたよ」と送ったところ、すぐに、「ぼくも着いたよ」と返事があったのに、クラゲの姿は見当たらない。他にも、総合案内所があるのだろうか？　人の行き来が多くて、少し動くだけでもぶつかりそうになる。仕方なく、LINE通話してみることにした。

「もしもし、どこにいるの？」

「サチコの左斜め前だよ」

言われて、キョロキョロ辺りを見回すがクラゲらしき人は見当たらない。さっきから、メガネをかけた丸坊主の男の人がスマホを耳に当てながらこっちをじっと見つめている。

「ねえ、どこ?」

メガネの男がわたしの方に歩み寄ってくる。

「ここだよ」

男が手を挙げたタイミングとクラゲの声が重なった。

「え? 誰?」

「サチコ、ぼくだよ」

男は、メガネをとって微笑んだ。声は確かにクラゲだったけれど、わたしの知っているクラゲはそこにいなかった。綺麗なアーチを描いた広いおでこに凛々しい山なりの眉は、いつも見ている印象とは全くちがい、健康的な少年を思わせた。ダボダボのTシャツにベージュのチノパンを合わせ、靴はティンバーランドもどきのゴツめのブーツを履いていた。

「どういうつもりよ。てか、本当にクラゲなの?」

「ぼく、ってわからなかったでしょ? 実験成功だ」ピースサインを突きつけてくる。

「こんなときに、何ふざけてるのよ」

「そんなに怒らないで。ちゃんと計画がうまくいくか確かめるためには必要な行為なんだからさ」

「あんた、そんなに身長高かったっけ？」

「ブーツに百均で買った五センチのインソールを仕込んだんだ。たかが五センチで視界がこんなにちがうなんてびっくりだよ」

背筋が伸びているせいか、首も長くてまるで別人だ。

「まあ、とりあえず、これ見てよ」

クラゲは、ポケットからラミネート加工されたカードを取り出した。生徒証と書かれている。もちろん、うちの学校のものではないし、偽名であることもすぐにわかった。おそらく、チケットと同じ要領で偽の身分証を作ったのだろう。ただ、写真だけは今のクラゲのものだった。

いったい、何を考えているんだ？

「あんたが丸坊主になってどうすんのよ」

「サチコ、ぼくの復讐はお金を取り返すことだって言ったよね？」

「うん」

「片桐くんを丸坊主にすることは、オプションみたいなものだよ。だから、そこはフェアでいたいと思ってね。まあ、ぼくなりに考えた結果こうなってしまったんだけど」

「手が込みすぎてて、全くゴールが見えない」

「いい？　これから片桐くんに会って偽造チケットと身分証を渡す。そして、お金を受け取る。待ち合わせは、二時だ。イベントは、午後六時半開場。その四時間半、彼はこう考えるんじゃないかな。できるだけ、身分証の人物に似せようって」

「なるほど。えっ、でも……。そのために、丸坊主になったというわけ？」

「うん。ここ最近、本人確認がうるさくなってきてる。顔と照らし合わせて、他人の身分証だとバレて中に入れなかったって人がけっこういたみたいなんだ。そのことを片桐くんだって知ってるはず。十五万もお金を出して買ったチケットだよ。何がなんでも入りたいって考えると思うんだけどな」

「それは、どうだろ。メガネだけかけて、髪は伸びましたっていう体で入るんじゃないかな」

「やましい人間の心理をサチコはわかってないな。片桐くんが最善を尽くす方にぼくは賭ける」

「まあ、そうでもしないとあんたの丸坊主は報われないよね」

「髪なんてすぐに伸びる。不可逆ではない」

「ははは。そっか。でも金髪似合ってたからちょっともったいないかも」

「ふへへ。金髪のイメージを植え付けておけば、丸坊主のやつが目の前に現れても、ぼくだとは思わないだろうからね」

「用意周到すぎて怖いけど、あんたの気合と根性には負けるわ。うまくいくといいね」

「サチコは、絶対に片桐くんに見つからないようにしてね」

「わかった」

「ぼくから連絡する。それまで待機だ」

言うと、クラゲが急に咳払いを始めた。

「どうしたの?」

「いや、声を変える練習も一応してきたからサチコに聞いてもらおうと思って」

「もう、そんな時間ないって。大丈夫だよ。人の記憶は、まず声から忘れてくんだって。その次が顔。片桐があんたの声や顔をちゃんと認識してるとは思えない。堂々としてれば、誰もあんただってわからないよ」

「サチコ、ありがとう」

「健闘を祈る」

そう告げると、わたしは地下のドトールでクラゲの連絡を待つことにした。その間、片桐のTwitterを監視する。何か動きがあるかもしれない、と画面に集中してみたけど、昨夜の投稿で止まったままだった。

〝ついに神に会える。眠れねぇ〟〝興奮しすぎて鼻血出そう〟〝明日マジでやばい〟

片桐の気持ちを想像すると、ほんの少し胸が痛んだ。

二時三十分。クラゲからＬＩＮＥが来た。

すぐに返信する。クラゲは、五分ほどでドトールに現れた。

「どうだった？」

「ふへへ」クラゲは、ニヤつきながらピースサインをする。

「片桐、あんたのこと気づかなかった？」

「全然。微塵（みじん）も疑ってない感じだった」

「だろうね。わたしも、まだ慣れない」

「お金は？」

「バッチリだよ」

クラゲが茶封筒に入ったお札を、得意げに見せてくる。

「いつからなの？　片桐からカツアゲされるようになったのは」

「三年になってから、かな」

「弱み握られてるって言ってたけど、それはなんなの？」

「ひみつぅー」

「あっそ。で、総額いくらぐらい取られたの？」

「さあ。いくらかなんて覚えてないよ。だいたい十万くらいかなって」

「あんたは、そのお金どこから捻出してたの？」

「お父さんの会社の金庫から拝借したり、おばあちゃんのお財布から拝借したり」

「まあ、そんなことでもしないと十万なんてさすがに持ってないよね。でも、片桐から十五万取ったのはなんで？」

「慰謝料ってやつさ。はい、これはサチコの分」

茶封筒から五万円を抜き出して、テーブルの上にすっと置いた。

「もらえるわけないじゃん。わたし大したことしてないし。それに、この五万円はあんたの慰謝料なんだよね。ペイマネートゥーマイペインだっけ。あんたの痛みの代償なんでしょ？」

「サチコに取っておいて欲しいんだ。成功の証しとして」

「でも、こんなにもらえないよ」

「遠慮しないで」

クラゲの満面の笑みは達成感に満ちていたけど、わたしはなんとも言えない気分だった。

「えーと、じゃ、この五万円、今から二人で使っちゃおうよ。そっちの十万は、ちゃんとお父さんとおばあちゃんに返してさ」

「使うって、何に使うの？」

「うーん」

「じゃあさ、新幹線で帰ろうよ。ぼく、乗ったことないんだ」

「えー。それだけじゃつまんないよ」

「じゃあさ、サチコ、洋服とか買ったら？」

「いいよ。それよりお腹空かない？　なんか美味しいもの食べようよ。めっちゃくちゃ豪華なやつ。せっかく博多まで来たんだから」

「あ、だったらホテルのランチが食べてみたい」

「いいね。ランチビュッフェ」

「ローストビーフ食べたい。毎日、魚ばっかりで飽きちゃった」

「あー、肉。いいねー」

「じゃあさ、ここからだったら日航が近いから行ってみようよ」

テンションの上がりまくったわたしたちは、手こそ繋がなかったけれど急ぎ足でエスカレーターを駆け上り、ホテル日航福岡を目指していた。

たくさんの人が行き交う通路を遮るのは、テレビのロケ隊だ。何かの番組のインタビューをしているらしい。

博多口前のタクシー乗り場は、スーツケースを持った人たちが長蛇の列を作っている。その中に、ちらほらプリソノのTシャツを着た人たちが見えた。イベント会場のマリンメッセ福岡へは、ここからバスで十五分くらいで行ける。お金に余裕がある人は、二四〇円のバスよりタクシーを使う。

クラゲがスマホを見ながら、場所を確認している。言われるままについて行き、横断歩道を渡った。ホテル日航福岡の二階のカフェレストランに着いたのは、三時二分前。すでに、ランチビュッフェは終わっていた。

「中途半端な時間だもんね」

「どうしよっか?」

一応、ホテル内の他の店もチェックする。回らない寿司屋、目の前で焼いてくれる鉄板焼き屋、店名すら読めない中華料理屋。どの店も、ランチタイムは二時半まで。ディナータイムは五時からとなっていた。

「じゃ、一階のティーラウンジでお茶でもする?」

「うん」

テンションの下がりまくったわたしたちは、無言で一階の自動ドアを抜ける。店員に案内された席に座り、メニューを開いて二人で顔を見合わせた。無言で、出ようというサインを送ったつもりなのに、クラゲはそれを無視し、メニューに視線を戻した。

周りは、全員ちゃんとした大人という感じで、スーツを着たビジネスマンや上品そうなマダムが優雅に談笑している。一杯千円以上するコーヒーを何の躊躇もなく頼める人たちだ。丸坊主の男の子と、二つ結びの女の子。自分たちがものすごく浮いているのがわかって恥ずかしかった。

「わたし、そこのマックでいいよ」

冷静になると、今のわたしは滑稽だ。好きでもないクラスメイトの男子と、ホテルのラウンジでバカ高いお茶を飲もうとしている。

「何も頼まずに出るのは恥ずかしいよ。せっかくだから、パフェでも食べようよ」

クラゲは涼しい顔をして言う。

「でも、一四〇〇円もするよ? ミニストップのパフェが四つも食べられるよ」

「いいじゃん」

クラゲは、すっと手を挙げ店員を呼ぶ。

余裕たっぷりの大人たちの中では、時間の流れが遅い。そこでクラゲと話した内容も、オシャレな器に盛られたフルーツパフェの味も、よく覚えていない。とにかく、わたしはそこから早く逃げたかった。

ラウンジを出て、博多駅までの道を歩く。クラゲの後ろ姿は、わたしのよく知っているいつもの丸い背中に戻っていた。

「あ！」

突然、思い出したように大声をあげると、一斉に注がれた視線を感じた。

「どうしたの？」クラゲが振り返る。

「あんたさ、計画が全てうまくいったら、わたしと志帆が仲直りできるようにしてくれるって言ったよね？　あれ、どうなったの？」

「来週まで待ってくれないかな」

「なんで？　計画は、うまくいったじゃない」

「うん。でも、オプションがうまくいったかは、まだわからないから」

「片桐が丸坊主になってるかどうか？」

「うん。それもあるけど。もう少し待って」

「なんなのよ。わたしを振り回すだけ振り回しといてそれはないんじゃない？　ここまで付き合ったんだよ。なんでさらに待たされなきゃいけないの」

「来週、ちゃんと説明するから」

「片桐が丸坊主になんてなるわけないじゃない」

「だから、それも含めて来週ちゃんと……」

「来週のいつよ。志帆と仲直りさせるとか部活に戻してあげるとか、適当なことばっかり。仲間だなんて言ってたけど、わたしがたまたま親友とケンカして惨めそうに見えたから声かけてきただけなんだよね？」

「ちがうよ」

「もういい」

わたしは、信号が青になったタイミングで横断歩道をダッシュで駆け抜けた。後ろは振り返らなかった。ギリギリで飛び乗った下り電車は満員で座ることができなかった。クラゲからもらった五万円の残りは、まだ四万円以上もあって、これなら新幹線で帰ればよかったと後悔した。


週明けの月曜日。

憂鬱（ゆううつ）な体を引きずりながら階下へ下りた。ウララの姿がない。まだ寝てるのだろうか。お父さんに「ウララは？」と尋ねると、「鍛錬遠足があるから、早めに家を出た」と言われた。無駄に長い距離を延々と歩かせる地獄の遠足だ。

ダイニングテーブルの上には、棒に刺さった黒い団子が置かれていた。どうやら、見た目を串団子風に改良したらしい。そこで、クラゲが好きだと言っていた三色団子を思い出した。

「これ、中に、みたらしの餡を入れてみたら？　三色団子みたいに」

「なるほど。それは、いい案だな」

お父さんはオヤジギャグで返すと、上機嫌で台所を出て行った。

急いで身支度を済ませ、玄関に向かった。わたしの赤いコンバースがない。靴箱を開けてみてもやはりない。目の前にあるのは、ウララのゴツいメンズスニーカーだ。やられた、と思ってももう遅い。ウララに悪気はないのだ。履いてみたいから履いただけなのだ。きっと、叱ってもいつものように笑いながら答えるだろう。「あ、ちょっと借りちゃった」と。

スマホで時間を確認すると、いつもより五分も時間をロスしていた。急に、学校に行くのがめんどうになる。このまま休みたいと思ったけど、片桐が今日どんな様子でやってくるのか確かめなければいけない。

来週まで待ってほしい、とクラゲは言った。あいつの中で、計画はまだ終わっていないし、わたしは復讐の報酬をちゃんともらっていない。思いがけず手に入れた五万円よりも、高級なパフェよりも、志帆と仲直りしたい。

マッハで、自転車を飛ばす。小雨が降っていることに気づいたのは家を出てすぐだったけど、雨合羽を着るのがめんどくさくてそのまま自転車を漕ぎ続けた。学校に着くころには、べったりと制服が皮膚に張り付いて気持ち悪かった。

教室に入るなり、志帆と目が合った。何か言いたげに口をぽかっと開けている。成功したかどうか確かめると言っていたくせに、クラゲの姿がない。教室の中はやけに静かだ。ハッとなって、片桐の姿を探す。

そのとき、ようやくクラスのただならぬ空気に気づいた。片桐の机の周りに男子が群がっている。隙間から、形の悪い不恰好な頭が見えた。まさか、と思った。もう一度、隙間から片桐を見る。紛れもない丸坊主がそこにいた。

片桐は、ふてくされたように頬杖をつき、誰も話しかけるなという雰囲気を醸し出しながらカッターナイフで机を削っていた。他の男子がこそこそと話している。薄ら笑いを浮かべる者、眉をひそめる者、首を傾げる者、様々だ。腫れ物に触るように、片桐の周りを囲んでいるが、クラゲが金髪にしたときのようにバカ騒ぎをしている者はいない。

「おはよう」

った。

誰に言うでもなく、小さく挨拶をした瞬間だった。片桐が勢いよく立ち上がり、わたしを睨んだ。こっちへ来る。文句の一つでも言われるのかもしれない。ぐ、とお腹に力が入った。

え？　と頭の中で思ったときには、頬に痛みが走っていた。腰が抜けたようにそこに座り込む。顔が熱い。ビンタ、ってやつを生まれて初めて食らった。みんなが一斉に呼吸を止めて、わたしを見下ろす。事情を知らないクラスメイトは、この状況をどう受け止めているのだろう？　説明なんてできるわけがない。わたしには、恥ずかしさとともに怒りがこみ上げてきた。

「なんで？」

気づいたら、涙が出ていた。痛みに反応して出たものか、状況に耐えられずに出たものか、自分でわからなかった。この場にいないクラゲに猛烈に腹が立っていた。あいつのせいだ。全部あいつが悪い。わたしじゃないわたしじゃない。

ふらふらとよろめきながら立ち上がると、廊下に出るよう片桐に小突かれた。クラスメイトの視線を気にしながら廊下の隅に歩いて行く。

「おまえのせいだぞ。許さないからな」

「なんのこと？」

「とぼけんなよ」

「とぼけてないし」

「おまえもグルなのか?」

「だからなんのことよ?」シラを切るしかないと思った。バレないように、無表情を決め込む。

「チケットのことだよ」

「知らない」

「嘘つくなよ」

「おまえに紹介してもらった十五万のチケット。偽物だったんだよ。たぶん身分証もな。お金だけ取られてこっちは大損だ」

「えっ。どういうこと? イベントには行かなかったの?」

「行ったよ。でも、このチケットでは入れませんって言われて終わりだよ。身分証確認すらされなかった」

「……」

片桐の剣幕に気圧(けお)されて、言葉を失った。

「おまえのせいだからな」

片桐は、悔しさをにじませるように奥歯を噛み締めながら叫ぶ。相手がクラゲだったとは気づいていないようだ。

「でもさ、取られたお金って、あんたがクラゲからカツアゲして得たお金だよね?」

「なんだよ、おまえ。ムカつくな」

「だって、そうじゃん」

「おまえが俺に紹介しなかったら、こんなことにならなかったんだよ」

片桐がわたしの胸ぐらをつかんで怒りをぶつけてくる。

「だって、知らなかったんだもん」

急に声が小さくなる。どうしようまた叩かれる、と思った瞬間、目をつぶった。

「サチっ」

志帆の声がして、片桐の手が解かれる。そのまま、片桐は舌打ちをすると教室へ入って行った。

「大丈夫?」

「うん」

「何があったの?」

わたしは、説明できずにただ「ごめん」と謝るばかりだ。

「もしかして、あたしのせい？　あたしが屋上の鍵なんか開けちゃったから」

志帆は、的外れなことを言ってきた。

「ちがう。全然ちがう」

わたしは、必死に首を振って否定する。だけど、それがかえって志帆の勘ちがいをさらに加速させてしまったらしい。

「サチ、ごめんね。あたしのせいだよね。カツアゲなんて最低。クラゲは追い詰められてあんな落書きまでしちゃってさ。サチは、ずっと説得してたんでしょ？」

「え？」説得とはなんのことだろう。

「だって最近、二人でこそこそ話してたじゃない」

「あー、あれは……」

片桐を騙すために、クラゲに命令されてプリソノトークを繰り広げてただけなんだけど。

「あのね。あたし、片桐くんのことそんなに好きじゃないってさっき気づいた。だって、サチが叩かれて腹が立ったもん。すっごく、ムカついた。あれはひどい、ひどすぎる。みんなの前であんなことする人だとは思わなかった」

志帆は、早口で片桐の悪口を言い始めた。

「え？」

「だいたい、何あの頭？　全然イケてない。おでこの狭さにびっくりだし、ニキビもひどすぎ。目もあんなに小さいなんて知らなかった。完全に、髪型に騙されてた」

たしかに、片桐の丸坊主は全然似合っていない。以前のイメージが強いだけに、違和感がすごかった。だけど、恋心というやつはこんなに急に冷めてしまうものなのか。

「片桐、なんか言ってた？　丸坊主にした理由」

その答えを知っているのは、たぶんわたしとクラゲだけだ。それでも、片桐がどんなふうにみんなに説明したのか知りたかった。

「これからは、オシャレ坊主が流行るんだよとか言ってたけど、あれ完全に失敗だよ」

苦しい言い訳だな、とは思ったけど本当のことなんて言えるはずがない。片桐が必死に考えてその答えに至ったと思うと、少しだけかわいそうに思えてくる。

「志帆、わたし保健室でほっぺた冷やしてもらってくる。このまま教室に戻るのも、気まずいし」

「うん。広子先生にはあたしから言っとく」

「え、なんて説明するの？」

「片桐くんがクラゲをカツアゲしてることをサチが注意して、もめてたって。たぶんそれが原因だろうって」

まちがってるけど、志帆の中では辻褄があっているようだ。

「ありがと。じゃ、わたし行くね」

志帆の勘ちがいを否定しない方が、自分にとって都合がいいと思った。

「ついて行かなくて大丈夫？」

「平気。ありがとう」

「ねえ、サチ」

「ん？」

「なんでもない」と伏し目がちにつぶやいて踵を返した。

志帆はきっと、「部活に戻ってこないの？」と訊こうとしたんだと思う。できれば、戻りたい。ようやく、志帆ともう一度仲良くなれるチャンスがきたのに、胸の中にズンと残るしこりのようなものがそうさせない。

だけど、久しぶりに志帆の笑顔が見られて嬉しかった。わたしたちは、きっと戻れる。そんな予感がした。

保健室に来るのはいつぶりだろう。二年生のとき、体育祭の練習で足を捻挫したときに湿布をもらいにきて以来じゃないだろうか。養護教諭の城之内先生は、三十代後半にしては若々しく、考え方も柔軟で、理解のある大人の女性という感じだ。保健室には本当に具合の悪い子がやって来るというよりは、先生をカウンセラーのように慕って、恋愛相談や進路相談をしに来る子が多い。お姉さんというには年が離れているけど、おばさんというほど老けた印象もない。小綺麗ではあるけど、美人すぎるわけでもないし、男に媚びを売るような服装も髪型もしないから男女問わずに人気がある。いつ見ても長さが同じな切りっぱなしのパッツンボブが似合っている。

城之内先生は、わたしの名札を見て「あら、小笠原さん」と笑顔で迎え入れてくれた。名前を覚えてもらえるほど、ここの常連ではない。クラスの男子に平手打ちを食らったことを告げると、ひとこと「何があったの?」と軽く笑われてしまった。わたしが「べつに」と答えるとそれ以上訊いてこようとはしなかった。城之内先生は、もしかしたら甘酸っぱい青春の一コマを思い描いたのかもしれない。

冷凍庫から保冷剤を取り出し、タオルで巻いて頬に当ててくれた。ひんやりと冷たくて、気持ちよかった。

「あの、好きな人を急に嫌いになるってどういうときですか?」

「うーん。相手に幻滅したときかしら」

「幻滅って、例えば?」

「あなたたちくらいの年だったら、しょっちゅうあることだと思うわ。例えば、好きな男の子が意外に体毛が濃かったとか、鼻くそがついてるのを見ちゃったとか、私服がダサかったとか、それくらいですぐに幻滅しちゃうでしょ？」

「そんなもんですかね」

わたしにはいまいち、好きになる瞬間も嫌いになる瞬間もわからない。

「年齢にかかわらず、軽蔑するような行為を見たら一瞬で嫌いになるかもね」

「軽蔑するようなことってなんですか？」

「モラルの低い人はまずダメよね。ゴミをポイ捨てするとか、どこでも唾を吐くとか、マナーが守れない人。あとは、友達の悪口を言ってるとかそういうことかしらね」

「なるほど」

先生の言っていることと、さっきの志帆を照らし合わせる。丸坊主になった片桐のイケてない姿に幻滅した直後にあの平手打ちだ。志帆の中で恋心が崩れかけているところに追い打ちをかけてしまったにちがいない。自分のせいで正義感の強い親友がモラルの低い男子に叩かれている、という図式が勝手に出来上がってしまったのだろう。

「ふふふ。うらやましいわ。そういうことで悩んでるときってみんないい顔してる」

「え？　わたしのことじゃないですよ」

「そうなの？　でも、一瞬で冷めることもあるけど、一瞬で好きになることもあるじゃない。いいなあ、そういう感覚。私も、もう一度くらいそういうのあってもよさそうだけど」

冗談交じりに笑いながら言う。こういう砕けた話をさらっとしてしまうところが、人気の理由なんだと思う。城之内先生は、久留米市の中学に娘さんが通っているらしい。たしか、一つ下だったと記憶している。旦那さんは大学の教授か准教授のどちらかで、駅前のマンションの最上階に住んでいると誰かが言っていた。

「わたし、男の人を好きって思ったことないんです。これって、変ですか？」

「変じゃないわよ。べつに焦る必要も悩む必要もないわ」

城之内先生は、気休めにその場しのぎで大丈夫なんて言わない。

「ちょっと、休んでいってもいいですか？」

「どうぞ。気分が落ち着いたら授業に出るのよ」

静かにうなずいて、ベッドに横たわった。ふと頭を過ぎったのは、なぜかクラゲの顔だった。昨日、初めてちゃんとクラゲの顔を見た。丸いシルエットの中に収められた一つ一つのパーツはどれもちょっとずつ控えめで、主張することなくバランスよく配置されていた。美少年、と呼ぶには足りないけれど可愛らしさのようなものはあった。

片桐に叩かれた直後は、クラゲへの怒りでいっぱいだったけれど、だんだん襲ってくる睡魔とともに薄れていった。

まどろみの中のクラゲは笑っていた。そして、わたしの名前を呼ぶ。

サチコサチコサチコ……。


「サチっ」

目を覚ますと、目の前に志帆の顔があった。

「あれ？ 今、何時？」

「一時間目、終わったとこ」

「そっか。寝ちゃってた」

「片桐くんさ、あの後、鞄持って帰っちゃったんだよ」

「それで？」

「広子先生には、サチがいきなり叩かれたってクラスの子たちが説明しちゃってさ、あたしが出る幕なかった。ごめん」

「えー。どうしよう。事情訊かれて色々めんどうなことになりそうでイヤなんだけど」

「ちゃんと話そう。クラゲのカツアゲのこと。あたしも一緒について行くから」

志帆は、いつになく正義感に満ち溢れているけど、わたしは戸惑った。カツアゲの件は、もう解決したのだ。クラゲの復讐計画は全て終わったのだ。取られたお金を回収し、十分すぎるペナルティを与えた。なんなら、やりすぎだと思うくらいに。

だけど、このことをどう説明すればいいのだろう。わたしと志帆が広子先生に告げ口をすれば、事を大きくしてしまうだけではないかと不安になった。

「そのことは、クラゲと片桐、二人の問題だから」

「どうしたの？　いつものサチらしくない」

「怖いの。これ以上、首突っ込んで仕返しみたいなのされたら、今度はわたしが学校来られなくなっちゃう」

本当は、片桐なんて全然怖くない。だけど、これ以上問題を大きくして偽造チケットのことやお金のことが周囲にバレるのを避けたくて、必死に嘘をついた。

「でも、なんで叩かれたのか訊かれたら、なんて答えるの？」

「わかりませんって言う。わたしからは何も説明しない」

囚人のジレンマを思い出していた。

「そっか。そうだね。でも、クラスのみんなは三角関係がこじれちゃったって思ってるみたい」

「はあ？　なんでそうなるの？」

「ごめん。ちがうって言ったんだけど、みんな色々勘ぐっちゃって。部活のこともあるし、なんかそういう空気だよ」

「どうしよう。教室戻れないよ」

「大丈夫。二人で堂々としてれば」

志帆の笑顔を見たら、それ以上逆らえない。

久しぶりに、二人で廊下を歩く。まだ、なんとなくぎこちない。教室の扉を開くと、一斉にみんなの視線を浴びた。何事もなかったように装いたくて、ヘラヘラと半笑いで自分の席に着く。わたしと志帆が仲良く戻ってきたことに、みんなの質問は集中した。

「ねえねえ、結局どういうこと？」

「さっちゃんの方が先に片桐のこと好きだったんだよね？」

「志帆が片桐のこと好きだってわかってたから、泣く泣く身を引いたって感じ？」

「もしかして、二股かけられてたの？」

「それで、もめたってこと？」

「だからって、いきなり叩く？」

「でも、志帆とは和解したんだよね？」

「恋より友情?」

次々に浴びせられるとんちんかんな質問に、いちいち答えるのもバカらしくて聞き流していたら、急に沢田さんがキレた。

「なんなわけ? こっちが心配して色々訊いてあげてるのに。その態度はないと思う」

誰も心配してくれなんて言っていないのに。志帆がわたしのところに戻るのが気に入らなくていちゃもんつけてきたのか。

「ごめん。わたしもなんで叩かれたかわかんないの。それに、みんな勘ちがいしてるみたいだけど、わたしも志帆も片桐のことなんか全然好きじゃないから!」

キレられたらキレ返す。それ以外の対処法をわたしは知らなかった。言い切ったと思ったと同時に鞄を握りしめていた。この状況の中に志帆を一人置いて行くのは躊躇われたけど、もう体がどうにも言うことをきかない状態だった。

そのまま、教室を出て行く。どうせ、広子先生に何があったかしつこく訊かれるくらいなら、帰った方がマシだ。学校を無断で早退するなんて初めてだけど、仕方がない。

駐輪場でスマホを開いて、志帆に〝ごめんねスタンプ〟を送ると電源を切った。こういう場合、すぐに学校から家に連絡が行くはずだ。そしたら、このスマホが鳴るのも時間の問題だろう。今、もっとも厄介なことは、部外者に状況説明を求められ、問い詰められることだ。誰にも説明する気はない。できれば、誰にも踏み込んで欲しくないと思った。

深呼吸をして、ペダルを強く踏んだ。向かう場所は決まっていた。

アパートの三階に上がり、クラゲがいることを確信してドアノブを回した。

「あれ？　学校はどうしたの？」

クラゲは、優しい笑みを浮かべながら言う。まるで、全てを悟ったかのような訊き方で。

「あんたの計画は、わたしが早退してこの扉を開くところまでなの？」

「まさか。ぼくにそんな能力があるなら、今ごろ学校で人気者になってるよ」

「あんたさ、言ったよね。来週まで待ってほしいって。いつまで待てばいいの？　ちゃんと説明してよ。わたし、片桐に殴られたんだよ」

すでに頬の腫れは引いていたけど、わざと手で覆って大げさに痛いそぶりを見せる。

「こっちに来て、顔、見せて」

「イヤだよ」

クラゲは、一瞬わたしを見上げるとスマホに視線を落とした。何か言いたげに口を半分開きかけたのに何も言わず、イヤホンを耳に突っ込むと小刻みに体を揺らし始めた。クラゲが神だと崇拝するロックバンドの曲を聴いているのだろう。

クラゲは、おもむろにわたしの方に体を寄せてきた。

「顔、見せて」

骨ばった大きな手が、わたしの顔に伸びてくる。次の瞬間、頬に温かいものが当たった。

「え?」と短い息が漏れる。

クラゲがわたしにキスをした。

「サチコ、痛かったでしょ」

優しく訊かれて、頭の中が真っ白になる。

「うん」

怒ることも、責めることもできずに、ただうなずいた。なんでわたしは、すんなりクラゲのキスを受け入れてしまったのだろう。自分でもよくわからない。

「片桐くんは、丸坊主になって登校してきたんだね?」

クラゲは、ゆっくり確かめるように訊いてくる。

「うん。全部、あんたの計画通り」

「計画通りなんかじゃないよ」

「え?」

「ごめん。ぼくのせいでサチコが痛みを負った」

「これも計画通りだったんじゃないの?」

「ちがうよ」

「じゃ、わたしが叩かれたのはなんで?」

クラゲがもう一度ごめんと謝る。

「あ、でもいいこともあった。叩かれたせいで、久しぶりに志帆とちゃんと話せた。あんたの言う〝痛みの代償〟とはちがうけど、わたしはお金なんかもらうより、断然こっちの方がいい」

「そっか、水沢さんと仲直りできたんだ。よかったね。そのことも、ぼくの計画とはちがうけど」

「全部、あんたの計画通りなのかと思った。片桐が怒ってわたしを叩いて、志帆が幻滅して嫌いになるっていうシナリオ」

「そんなことまで計算できないよ」

クラゲは苦笑しながら否定したけど、全てを操られているような気持ち悪さが纏わりついていた。

「わたしたちが仲直りできたのは偶然なの?」

「もう少し、待ってほしい。まだ、計画は終わってないんだ」

「まだ何かあるの？」

「お願いだから、もう少し待って。サチコがちゃんと安心して部活に戻れるようにしてあげるから」

「わけわかんない。わたしがなんで部活やめたいって言ったかなんて、あんた知らないくせに。もういい。帰る。あんたに付き合ってられない」

体の火照りが収まらなかった。キスをされたからなのか、はっきりしないクラゲの態度が気に入らなかったからなのかわからないけど、煮えたぎった思いをどうにもできなくてアパートを飛び出した。

「待って……」クラゲの声を無視して階段を駆け下りる。

一旦スマホの電源を入れて時間を確認すると、ちょうど正午を過ぎたあたりだった。そのまま、町を彷徨った。まだ、家に帰るには早すぎる。

自転車を漕ぐことだけに集中した。色々、考えることが多すぎてめんどうになった。頭を空っぽにして、あてもなく自転車を漕ぎ続け、夕方まで時間を潰した。

家の玄関を開けると、

「おかえり、さっちゃん」とウララの威勢のいい声がした。

「あんた、今日、鍛錬遠足どうだった？　きつかったでしょ？」

「うん。でも、楽しかったよ」

「あんたは、いつも楽しそうでいいね」

「うん。今日は、みんなでご飯食べるんだよ」

　ウララに引っ張られて台所に入ると、珍しくお父さんも継母もいた。

「オカエリサッチャン」継母がホットプレートを戸棚から出しながら言った。

「焼肉でもするの？」

　小声でウララに訊く。

「さっちゃん、今日、学校をサボったんでしょ？　先生から何回も電話があったよ」

「ああ」間抜けな声が漏れる。

　もう、頭の中がごちゃごちゃで、自分が学校を勝手に抜け出してきたことなんてすっかり忘れてしまっていた。

「今日はね、高専ダゴにするって」

　ウララは、上機嫌で席に着く。高専ダゴとは、熊本県の荒尾市発祥のご当地グルメで、巨大なお好み焼きのことを言う。（およそ、横五十センチ縦三十センチの長方形）高専に通う学生に、お腹いっぱい食べてもらいたいという思いで作られたと言われている。ダゴとは、小麦粉を使った料理全般に使われる言葉だ。鉄板いっぱいに広げたお好み焼きを綺麗にひっくり返すのは非常に難しく、熟練した業が必要となる。これを家で作ろうなんて人はほとんどいない。つまり、今から作ろうとしているのはちょっと大きめのお好み焼きということ。

「幸、おかえり。早く、手を洗ってきなさい」

お父さんの声色はいつもと変わらない。今までお父さんにきつく叱られたこともなければ、叩かれたりしたこともない。これが何かの前触れなのかすらわからず、言われた通りに手を洗う。継母が台所に立ち、野菜を切る姿も心なしかぎこちなく見える。

「サッチャンソレ取ッテ」

継母の指した方を見る。高専ダゴの素と書かれた大きな袋だった。へえ、こんなものが売られてるんだと関心しながら手に取ると、辛子明太子入りの文字が目に入った。

「これ、どうしたの？」

「お中元でもらったんだ」お父さんが答えた。

山芋パウダー入り、ならわかるけど辛子明太子入りなんて表記は珍しい。もしかして、と思って製造元を見ると『海月水産加工』と書かれていた。

いつぶりだろう。四人で食卓を囲むのは。無断で早退したことに対して、誰も何も訊いてこないのが逆に気持ち悪かった。土足でずんずん踏み込まれるのは嫌だけど、腫れ物のように扱われるのはもっと嫌だ。シンプルに心配してくれたらいいのに、変に気を遣って全員集合で食卓を囲もうなんて促されてもどうしていいかわからない。こっちから話し出すのも変だし、と思っているとウララがしゃべりだした。

「さっちゃん、ウララも学校抜け出したことあるよ」

「え？　いつ？」

「えーっと、ついこないだ。クラスの男の子と女の子、四人で」

「なんで？」

「よくわかんないんだけど、男の子の一人が担任の先生ムカつくって言い出したの。それで、ぼくもわたしもって言う子が出てきて。じゃ、みんなで学校抜け出そうってなったんだけど、やっぱり行きたくないって子もいたりして、なんだかんだで四人になってた」

「はあ？　何やってんのあんたたち。それで、どうなったの？」

「すぐに近所の人に見つかって、通報されて連れ戻されたよ。学校に戻ったら、校長室にみんなのママがいた」

「めちゃくちゃ怒られたでしょ？」

「ううん。誰も怒られなかったよ」

「なんで？」

「ママたちが学校のせいだーって騒いで怒ったから、ウララたちは誰も怒られなかった。怒られたのは、担任の先生」

「何それ。ありえない」

わたしが言うと、お父さんと継母が顔を見合わせて、困ったような表情を見せた。

「さっちゃんも、先生にムカついたの？」

「わたしは、ちがうけど……」

お父さんの顔色をうかがいながら、焦げたお好み焼きを頬張る。

「心配するだろ。何のためにスマホ持たせてるんだ。連絡は取れるようにしときなさい」

わたしの顔を見ずに早口で言った。

「はい」

叱って欲しかったわけじゃないけど、複雑な思いだった。

その後も、中心となってしゃべるのはウララだった。それに対してわたしがひとこと突っ込む。お父さんも継母も必要以上には会話に入ってこない。

楽しい夕飯とはならなかったけど、初めて食べた辛子明太子入り高専ダゴは美味しかった。お腹いっぱいのまま、風呂にも入らず眠った。

＊

翌日、教室へ入るなり、志帆に腕をつかまれた。

「あの動画を投稿したのって、サチじゃないよね？」

「動画って何？」

「知らないの？　片桐くんがクラゲをカツアゲしてる動画がネット上に投稿されてて、今すごい騒ぎになってるんだよ。顔はモザイクかかってるけど、クラスの子たちはみんなすぐに片桐くんとクラゲだって気づいたみたい。すでに、うちの学校だって特定され始めてる。そのうち、片桐くんの個人情報も晒されるんじゃないかって」

「わたしは、そんなことしてない」

「サチじゃないなら、クラゲ本人がやったってこと？」

「わかんないよ」

計画はまだ終わってないって、このことだったの？

いくらなんでも、これはやりすぎだ。それに、偽造チケットのことで片桐だって相当こたえているはずなのに、さらにネット上で晒し者なんて。ダブルパンチもいいところだ。

「片桐は、今日来てる?」

「ううん。それより、これ見て」

志帆がスマホで動画を見せてきた。場所は屋上だとすぐにわかった。そこに映っているのは、確かに片桐とクラゲだ。ハメ撮りってやつか。

「……」

クラゲは、自分で制服のシャツを脱ぐと、カメラに向かってお腹を見せた。そこに映し出されたのは、赤黒く染まった痣だった。まさか、片桐がやったのだろうか。

「今、緊急職員会議中らしいよ」

「そんな大ごとになってるの?」

「うん。たぶん、この感じだと、うちの部の撮影なくなると思う」

「えー‼」

あいつはいったい何を考えているんだ。

「ねえ、サチ。もし、テレビの取材が中止になったら部活に戻ってきてくれるの? コンクール一緒に出てくれる?」

「……」

即答できなかった。頭の中が混乱して、正しい判断ができない。

「志帆、もう少し、待って」クラゲのセリフを真似して言う。

「え？　なんで？」

「お願い。もう少しだけ」

「わかった。でもね、あたしはもう撮影なんてどうでもいいんだ。サチとコンクールに出て、ちゃんと最後まで部活をやりきることの方が大事だから」

「ありがとう」

思わず、涙ぐんでしまった。

その後正式に、広子先生から撮影が中止になったことを告げられた。その代わり、マスコミと言われる人たちから取材が殺到して、学校はその対応に追われた。

放課後になり、あのアパートを目指した。きっと、クラゲは待っている。自転車を全速力で飛ばす。

扉を開けるなり、怒りに任せて声をあげた。

「あんた、やりすぎ。撮影中止になったよ。わたし、そこまでしてなんて頼んでないよね？」

「やっぱ、ネット社会って怖いね。Twitterで〝いじめ〟〝拡散希望〟って投稿しただけなのに」

「こんな計画聞いてない。なんで、そこまでしなきゃいけないのよ？　片桐からお金取り返して丸坊主にまでしたんだよ？　もう十分でしょ」

「だって、サチコと約束したから」

「だからって、あそこまでしなくても」

「だって、ぼくは……。サチコを守るって、あの日決めたから」

「あの日？」

「ぼくとサチコは、四年前に会ってる」

「四年前？」

「仲間だって言ったよね。ぼくとサチコは、事件にならなかった事件の被害児童なんだ」

クラゲの言っていることが最初はよく理解できなかった。あのときの光景が甦る。ベッドでぐったりと横たわっている痣だらけのあの子を思い出す。男にイタズラをされてボロボロに傷つけられたあの子が、クラゲ？

「嘘でしょ？」

「ふへへ。あの男、どうやらぼくを女の子って勘ちがいしたみたいなんだ」

「あんたも、イタズラされたの？」

「うん。でも、体を触ってるうちに、ぼくが女の子じゃないって気づいた。それがわかった途端、急に扱いが変わっちゃってさ」

「だから、殴られたの？」

「え、あ、いや……」クラゲは、急に暗い表情をする。嫌なことを思い出させてしまったのだろう。

あのとき、クラゲが男の足にしがみついてくれなかったら、わたしはどうなっていたかな。

『早く……行って……』かすれた声が甦る。

必死に、助けようとしてくれたんだ。

「わたし、なんにもできなかった。あのとき、自分のことしか考えてなかった。今更だけど、ごめん」

「いいよ」

「わたし、ずっと気になってたの。自分だけ逃げて助かったから。本当だよ」

「うん」

「あんたは、いつからわたしがあのときの女の子だって気づいてたの？」

「中学入学してすぐに気付いたよ」

「なんで今まで何も言わなかったの？」

「ぼくからは何も言わない方がいいと思ってた。サチコが忘れてるなら、その方がいいって思ったんだ。でも、いつもあの歌を口ずさんでた。それで、忘れてないんだなって確信した。広子先生に部活をやめたい、テレビに映りたくないって必死に訴えてる姿を見て、ぼくが守ってあげなきゃいけないって思ったんだ。サチコはさ、あの男に気付かれたくなかったんだろ？　テレビなんかに映ったら危険だって。何かしてきたらどうしようって怯えてたんじゃない？」

「そうだよ。でも、なんで？　やりすぎだよ」

「ぼくとサチコは仲間だから」

「もう十分だよ。それよりよかった。あんたが無事で」

心の底から言う。生きていてくれてよかったと。

クラゲがわたしの耳に、そっとイヤホンを差し込んできた。

耳に突き刺さる激しい音楽。痛い。

「これって、あのときの……」

「いいから、聴いて」

クラゲがスマホをタップした。曲が変わった。明らかに他の曲と違う、優しいメロディ。

英語と日本語の交じった歌詞。

「♪アイ　ヒア　ヨア　ボーイス～」

わたしは、この曲を知っている。ずっと探していたのはこの曲だ。

「どうやって見つけたの？　わたし、ずっと探してたけど見つからなかった」

「ここ、見て」

クラゲは、アルバムの歌詞カードを捲って見せてきた。

「嘘っ。日本語？」

「うん。実は、このアルバムに収録されている曲は全部で十二曲。最初の曲はインストゥルメンタルになってる。日本語の歌詞があるのは二曲。六番目と十一番目。サチコが気付かなかったのも無理はないよ。六番目の曲は、日本語だけど日本語っぽく聴こえないように歌ってるからね」

「そういうことか。どうりで、探しても見つからなかったわけだ」

「これは、P．T．Pの『ｇｅｎｅ』というアルバムで、ボーカルのKの遺作でもあるんだけど、Kが死んだ後にゲストボーカルを加えて収録された曲が四曲入ってる。ちなみに、十一番目の『Ｖｏｉｃｅ』を歌っているのはワンオクのＴａｋａだよ。生前、Kが日本語の曲も歌ってみたいと言っていたことをうけてＴａｋａが歌詞を書いたらしい」

「そうなんだ。この曲だけ、他の曲と雰囲気が違うよね。メロディも歌詞も歌い方も優しい。あんた、よくこのアルバム見つけたね」

「サチコが部屋を出て行った後、ぼくにもチャンスが訪れたんだ。あの家を出るときに、コンポの中からCDを抜き取ったんだ。ぼくたちを助けてくれた気がしてさ。その日から、P.T.Pはぼくの神になった」

「神だなんて大げさな」

「ふへへ。でもね、神がいたからぼくは強くなれたんだ」

「警察には？」

「行かなかった。捜索願も出されてなかったみたい。そのころ、まだお母さんいたんだけど、夏休みだったし、ぼく、しょっちゅうおばあちゃん家に泊りに行ってたから、あまり心配されてなかったのかな」

「ちょっと待って。なんで監禁されてたことを言わなかったの？　あんなに痣だらけにされてたのに」

「ぼくが正直に話したら、サチコが困るんじゃないかなって思ったんだ」

「わたしが困る？　なんでそう思ったの？」

「囚人のジレンマの話、したよね。二人にとって最善の方法はなんなのか考えたわけだよ。

公になったらぼくたちは世間の晒し者になる。それは避けた方がいいってね。まあ、サチコが男にされたことを話すかもしれないっていう可能性はあったけど、そこは賭けに出た。現に、ぼくたちのことは事件にならなかった。サチコは、何も言わなかったんだって思った」

「ありがとう。でも、あの男はどうなったんだろう？」

「それは、もう忘れよう。とにかく、もう心配しないでいいから」

「でも……」あのとき感じた恐怖や気持ち悪さがまだ残っていた。

「ここに来るのも、これで最後にしよう。ぼくたちだけの秘密ってことでさ。撮影は中止になったんだし、サチコは部活に戻ればいいよ」

「あのね……。わたしね……。あの男の顔覚えてるの。忘れたくても忘れられない。だから、怖いの。テレビに映っても映らなくても怖いのは変わらないんだ」

今まで誰にも言えなかったことをついに言ってしまった。

「それならもう大丈夫だよ。絶対、ぼくが守るから。心配しないで。安心して」

クラゲは優しく諭すように言う。だけど、クラゲの存在がかえって怖かった。あの日のことを覚えている人がいるという事実が。

「……」

わたしは、震えていた。クラゲは唇をぎゅっと嚙み締め、苦しそうな顔をしている。

「じゃ、本当のことを言うよ。ぼくは、あの男を殺した」

「嘘だ。あんたにそんなことできるわけない」

「本当だよ。『殺』の文字は、犯行予告じゃない。犯行声明だ」

「え？　いつ？　どうやって？　死体は？」

矢継ぎ早に質問をする。

「去年。女の子が無事に保護された後だよ。同一人物の犯行なんじゃないかってずっと睨んでたんだ。そして、このアパートの中で決定的なものを見つけた。同一人物と裏付けるものが。それはきっと、ぼくしか知らない」

「何？」

「この部屋の片隅に、丸くてふわふわとした小さな毛玉が落ちていた。それを見て、あの男が飼っていた猫を思い出した。男は、洋服に付いた猫の毛を集めて指でいじって遊んでいた。フェルトのかたまりみたいなやつ。それをぼくに見せて笑ったんだ。ほら、すごいだろって、手品でも披露するかのように」

クラゲは穏やかな口調で喋り続けた。まるで、物語を聞かせるかのように。

「間違いない。この部屋に女の子を監禁していた犯人と、ぼくたちを誘拐した男は同じだってね」

「……嘘でしょ」

「嘘じゃない。ぼくが殺したんだ。だから、もうサチコは心配しなくていい」

信じられなかった。信じたくなかった。人殺しなんて、そんな恐ろしいこと。

「あの男に会ったの？」

「いや、会ったというか見つけたんだ、あいつの家を。記憶を遡って必死に探した」

「どうやって、殺したの？」

中学生が大人を殺すなんてできるのかな。しかも、見つからずに。

「簡単だったよ。これを使ったんだ」

クラゲは、飲みかけのペットボトルを出して見せた。

「毒でも入れたの？」

「ううん。これを、運転席のシートの下に忍ばせただけさ。走行中、ペットボトルが転がって前に行く。そして、ブレーキの下に挟まって、男はそのまま電柱にドン。即死さ」

「そんなに簡単に？　嘘でしょ？」

「本当だって。サチコには黙っておこうって思ったんだけどね。でもそれじゃ、サチコの恐怖心が消えないみたいだから」

「なんで殺したの？」言ったあとすぐに、理由なんて訊いてどうするんだろうと思った。殺す動機なら十分にある。

「これ以上、被害者を増やさないためには仕方なかったんだよ」

そのとき、女の子の書いた「たすけてください」の文字が浮かんだ。そうだ。クラゲの言う通りだ。もうこれ以上、被害者を増やしてはいけない。

「ねえ、サチコ。ぼくは、間違ってるのかな？」

「ううん。間違ってないよ。あんたは、正しいことをした」

「うん。ぼくは正しい」クラゲは、泣きそうになりながらうなずいた。それに釣られてわたしも泣いた。二人してうわんうわんと声を出して泣いた。

「もう大丈夫。大丈夫だから……」

クラゲが呪文のように語りかける。気休めではないその言葉をわたしはずっと待っていた。お母さんに言ってほしかったのは、この言葉だった。

わたしたちは、玄関の鍵をかけ、台所の窓から外へ出た。もう、ここへ来ることはない。クラゲと別れ、まだ明るい田んぼ道を自転車で走る。

問題は全部解決したように思えた。頭の中を整理する。クラゲは、片桐に復讐を遂げた。バトン部の撮影は中止になった。志帆とは、仲直りできそうな兆しがある。あの男は死んだ。クラゲの手によって……。

だけど、まだ何かが終わっていない気がした。

そのとき頭を過ぎったのは、『殺』の文字だった。

本当にクラゲが書いたものなのか？

確かめたくて、帰りにトンネルを通って帰ることにした。全長十五メートルほどの高架下のトンネルは、軽自動車がやっと通れるくらいの幅で人通りもほとんどない。

クラゲと、ここで話したことを思い出していた。

『なんかさ、こういう短いトンネルって落ち着くんだよね。どっちからも光が見えてて。いつでも逃げられる気がして安心する』

変なこと言うやつだな、と思った。

『どっちが出口でどっちが入り口だと思う？』

トンネルに出口も入り口もない。光が見えていつでもどっちにも逃げられるトンネルが心の拠り所になっていたのかもしれない。結局、クラゲもあの夏のトラウマから逃げられないで苦しんでいる。あれだけ痣を作ってたということは、相当殴られたはずだ。もしかしたら、わたし以上の恐怖を味わったのかもしれない。そう思うと、クラゲがあの男を殺したことに同情できた。仕方がない。いや、正義だ。

刻まれた『殺』の文字を見上げる。お気に入りの場所にこんな物騒な言葉を刻むくらいクラゲの心は追い詰められていたんだろう。誰にも言えず、一人で苦しんでたんだと思うと、胸が締め付けられた。あいつの苦しみをわかってあげられるのは、わたししかいない。しばらく、見つめた。ゲシュタルト崩壊するくらいに。だんだん、わたしには『殺』の左上の「メ」が「×」に見えてきた。他の箇所より大きく太く刻んでいるところも気になる。強いメッセージを感じた。犯行声明なんかじゃない。あれは、クラゲのSOSだ。

「×」=罰

ふと、痣だらけのあの子の姿を思い出す。怪我を負いながらもわたしを助けてくれたクラゲ。わたしを守るために、ずっと誰にも話さないでいてくれたクラゲ。なぜか、とても愛おしい。

*

その日の夜、志帆に部活に戻りたいことをＬＩＮＥで伝えると、喜びを爆発させるようなスタンプが連続で送られてきた。やっと、志帆と仲直りができたと思うと涙が出てきた。

しかし、大切なものを取り戻した途端、また別の大切なものを失う予感がする。

片桐とクラゲのカツアゲ動画は、瞬く間に拡散され、一部のテレビで取り上げられるまでの騒ぎとなった。学校や教育委員会、はたまた世間まで動かしてしまうSNSの恐ろしさを改めて知った。

片桐もクラゲも、学校をずっと休んだままだ。私立の中学ならともかく、公立の中学では停学や退学といった処分はない。片桐は、謹慎処分くらいで終わるだろう。だけど、一度ネット上にバラまかれた動画は半永久的に残る。騒動は沈静化しても、完全に消えることはない。学校側は、血眼(ちまなこ)になってあの動画の削除に明け暮れているといううわさだ。

自業自得なんて言葉があるけれど、それでもやっぱり片桐がかわいそうだ。わたしは、罪悪感に押し潰されそうになっていた。

結局、わたしは本当のことを何も言えないまま日々を過ごしている。わたしとクラゲだけの秘密。

部活に戻った初日、わたしは部員たちに理由も何も告げずに深々と頭を下げた。みんなは、快く受け入れてくれた。きっと、志帆がそうするように、事前に声をかけてくれていたんだと思う。

「片桐くん、大丈夫かな」

「志帆、まだ片桐のこと?」

「ううん。それはない。でも、ちょっと心配」

「志帆、わたしがこんなこと言うのもなんだけど、片桐のこと気にかけてあげてほしい」

偽造チケットのことや片桐との細かいやりとりなどは、志帆には言っていない。さすがに、クラゲと結託して片桐を騙したなんて言えないし、撮影を中止するためだけにあんな動画を投稿したとも言えない。志帆に軽蔑されて嫌われたくない。その根幹となっているのが、四年前のあの出来事だということも。

「うん。昨日、片桐くんにＬＩＮＥしたの。元気？　って。そしたら、今年の夏は冬眠するって返ってきた」

「夏に冬眠？　でも、まあしばらくしたら落ち着くでしょ」

「うん。学校名とか本名は晒されてたけど、一応顔にモザイクかかってたし、学校側も削除要請出してるみたいだし。みんなそのうち忘れるんじゃないかな」

「忘れられる権利か」

プライバシー保護のための新しい権利の概念のことを言う。インターネットの発達により、サイト上などにそれぞれの個人情報が半永久的に消えずに残るようになった。このことから、適切な期間を経た後にまで情報が残っている場合、これを削除したり消滅させたりできる権能があってしかるべきだとする考え方だ。

わたしは、クラゲのつぶやいていた〝非表示〟という言葉を思い出す。嫌なもの、見たくないもの、知られたくないもの、すべて消えたらどんなにいいだろう。

「でもさ、アレを書いてたのはクラゲなんだよね？　本当に殺す気とかじゃないよね？　片桐くん、大丈夫だよね？」

「まさか。そんなことしないって」

あれはクラゲのSOSなんだ。孤独と罪悪感に押しつぶされそうになりながら、それでも必死で生きている。

「クラゲって何考えてるかわかんないから怖いんだよね」

「話してみると、そうでもないよ」

「だって、自分がカツアゲされてる証拠を撮影してネット上にバラまくようなやつだよ？　ふつうじゃないって。絶対、ヤバいよ」

「もう大丈夫だよ。クラゲだって反省してるって」

「そうかな。またなんか恐ろしいこと考えてそうで怖い」

「あ、そうだ。こないだ、クラゲのお父さんの会社が出してる辛子明太子入り高専ダゴ食べたよ」

志帆の暴走を止めたくて、話を変えた。クラゲがやったことは、いくら復讐のためとはいえ、ちょっとやりすぎだ。そこに、自分が絡んでいると思うと心苦しい。

「それは食べたことないけど、お母さんがたまにあそこの練り物買ってくるんだよね」

「クラゲん家って、お店も出してるの?」

「さあ」

「どこで買えるの?」

「この辺のスーパーとかじゃないの? たまに、デパートの物産展とかにも出店してるみたいだよ」

「あのね、サチコ明太子おにぎりが美味しいんだよ」

「サチコ明太子って何?」

「辛子明太子に一本付け足すとそうなるの」

「ははは。何それー。まあ、あいつの家が、金持ちってことはまちがいないね」

「あ、でも、クラゲっておばあちゃん家に住んでるんでしょ?」

「ううん。だって、クラゲのおばあちゃん、入院してるもん」

「いつから?」

「今年に入ってからとか聞いたよ。うちのおばあちゃんとクラゲのおばあちゃん、手芸教室で一緒だったから」

「てことは、おじいちゃんと二人暮らし？」

「いや、おじいちゃんはかなり前に亡くなったって聞いたよ」

「じゃ、今あいつはお父さんと継母のいる家で暮らしてるってこと？」

「そうだと思うよ。だって、おばあちゃん家に帰るなら徒歩通学だけど、ここのところ自転車で帰ってたし」

「クラゲの家って、遠いの？」

「ええとね、南小のもっと向こうの方。一回だけ、車で通ったことあるんだよね。工場の横に大きな家が建ってた。ここからだと、自転車でもけっこう距離あると思うよ」


志帆と別れたあと、わけもなくクラゲの声が聞きたいと思った。

ＬＩＮＥの無料通話ボタンを押した。しつこく鳴らしたあと、出なかったので切った。

その後すぐに、はて？ とキャラクターが首を傾げた可愛いスタンプが送られてきた。

電話をかけた時間とスタンプの表示時間は同じだ。なぜ、電話に出ない。スタンプを送れるなら電話に出ろ、と思いながら【元気？】と送ってみると、親指を突き立てたスタンプが送られてきた。【何してるの？】と送ると、メガネをかけたウサギが猛勉強をしているスタンプが送られてきた。せめて、文字で会話しろよとイライラしてくる。

志帆とのトーク画面に移り、【クラゲの家ってどのあたり?】と送った。

【なんで?】

【べつに。どの辺かなと思っただけ】

【周りに特徴のあるお店とかないから説明しづらい】

〝了解スタンプ〟と〝サンキュースタンプ〟を連打して、『海月水産加工』をGoogleマップで検索した。住所を見ても、校区がちがうのでピンと来ない。近くまで行って誰かに訊いた方がよさそうだと思い、とりあえず南小方面へ自転車を走らせた。

自転車を立ち漕ぎして急ぐ。学校の南側は、古い民家が続く。わたしの住む北小地区もかなり田舎だと思っていたけど、南側はそれ以上に何もない。店もなければ自販機もない。子供が遊ぶような公園すら見当たらない。車がなければどこにも行けないようなところだ。細い県道は白線すらなく、注意して前に進まなければ、蓋のない用水路に落ちてしまいそうだ。

途中、セブンイレブンに立ち寄った。若い男性とおばさんがレジに立っていた。何も買わずに道を尋ねるのは気がひけるので、レジ前に置いてあるガムを買い、おばさんにスマホの画面を見せ、行き方を教えてもらった。

夕日が眩しい。汗がとめどなく溢れる。

おばさんから聞いた目印の、犬小屋に入れられたお地蔵さんを見つけた。雨風をしのいでもらおうと誰かが善意で入れたのか、町を少しでも明るくしようと遊び心で入れたのかはわからないが、確かにお地蔵さんは犬小屋の中にぴったりと収まっていた。そこから右に曲がると『海月水産加工』の看板が見えた。

志帆が言っていた通り、工場の横に大きな家が建っていた。門の奥には、小石の敷かれた立派な庭が見える。手入れの行き届いた松の木が工場と家を仕切っていた。成功者の家という感じがした。クラゲは、いい所のお坊ちゃんということになるのだろう。

インターホンは、門の横に一つと玄関に一つある。檜で作られた立派な門に手をかけた。簡単に開いてしまったものの、勝手に中に入るのは躊躇われた。うちの近所の家ならば、勝手に玄関の扉を開けて「ごめんください」と声を張り上げればいい。だけど、クラゲの家は立派すぎて気軽に中に入ってはいけない雰囲気があった。

「なんか用？」

背後から声がして振り向くと、薄緑色の作業着を着た背の高い中年男性が立っていた。

「え、あの、わたし海月くんと同じクラスの者です」

「で、何の用？」ぶっきらぼうな物言いが怖かった。クラゲのお父さんだろうか。

「海月くん、学校休んでるから心配して来ました」

「慶人のことは心配いらないから帰りなさい」

その人は、門を開けると中に入って行った。

玄関先で、赤ちゃんを抱く女の人が見えた。クラゲの新しいお母さんだろう。そして、あの赤ちゃんはクラゲの弟か妹。一気に、クラゲの孤独感が伝わってくるような思いがした。

ＬＩＮＥで、今家の前まで来ていることを伝えると、すぐに電話がかかってきた。

「サチコ、何してんの？」

「あんたがずっと学校休んでるから」

「ふへへ。サチコ、心配して来てくれたの？」

「うん。なんでさっき電話出なかったの？」

「病院にいたから」

「病院って、おばあちゃんの？」

「なんだ。サチコ知ってるんだ」

「今、どこ？」

「家」

「中に入れてよ」

「ダメ」

「なんで?」

「だって、もう遅いし」

「あっそ。明日、学校来なよ」

「気が向いたらね」

「その言い方、来る気ないでしょ」

「ふへへ」

「明日、学校来なかったら無理矢理家に押しかけるからね」

「ダメだって」

「じゃ、会えないままじゃない」

「会えるよ、そのうち」

「そのうちっていつよ。ちゃんと約束してよ。いつ会えるの? 会いたいよ」

「なんか、嬉しいな」

「ふざけてないでさ」

「昼間ならいいよ。お父さんは配達に行ってていないし、お母さんも病院とか買い物とかでいないと思うし……。って、その時間サチコは学校か」

「ううん。明後日から夏休みだよ」

「そっか。じゃ……。土曜日の二時に来て。遅れたら、ぼくはいないから」

「え、でも、わたし部活が」

「じゃ、会う約束はできない」

「なんでよ」

「ぼくにも、色々都合ってもんがあるんだよ」

「わかった。必ず、行く。絶対、会いに行くから」

そのときの感情は自分でもよくわからなかった。なんでクラゲにこだわるのか。なんで会いたいなんて言ってしまったのか。

しかも、土曜日はコンクールの前日でリハーサルやらなんやらで忙しいのに。

クラゲのお気に入りのトンネルを目指した。思いを文字にするってどんなときだろうと考えた。声に出して言いたくても言えないとき、人はその思いを文字として記したくなる。隣町の誘拐された女の子が壁に書いた文字が浮かんだ。

――たすけてください。

そして、クラゲの記した『殺』を見つめる。

クラゲは、わたしに助けを求めてるのかな?

振り返ると、キャップを被った片桐が立っていた。

「あんた、冬眠するんじゃなかったの？」

「いや、ちょっと気になることがあって」

「もしかして、クラゲのこと？」

「うん」

「あんた、なんか知ってんの？」

「おまえは、この落書きの意味知ってるわけ？」

「クラゲが書いたんでしょ」

「あいつさ、泣きながらここで壁に向かって書いてたんだ」

「クラゲが泣いてたの？」

「うん。それで気になって、おまえは誰を殺す気なんだって訊いたんだ。でも、あいつなんにも言わないから俺ムカついて、追いかけまわしてしつこく問いただしたんだ。そのとき、俺見たんだ。あいつの体にあるたくさんの痣」

「あれは、あんたがやったんじゃないの？」

「俺がそんなことするかよ」

「じゃ、誰が……」

「この痣のこと誰にも言わないから金くれよって言ったんだ。そしたら、しぶしぶいいよって」

「それから、カツアゲが始まったわけね」

「うん。あの体の痣と、この『殺』って文字はなんか関係があると思うんだ」

「どういうこと？」

「いや、よくわかんねぇけどさ、あいつなんかヤバそうな気がして。いきなり金髪にしたり、学校来なくなったり、ネットで動画拡散したり。なんか、後先考えずにやってるっていうか」

「もしかして、あんたはこれからクラゲが誰かを殺そうとしてるって言いたいの？」

「いや、わかんねぇけど、なんかヤバいこと考えてんじゃないかなって」

「他に気になることとか、クラゲが言ってたこと覚えてない？」

「なんで、スプレーじゃなくてわざわざ壁を削ってるんだって訊いたら、スプレーとかは消したり上書きされたりしてしまうけど、削ったらずっと残るからって。なるほどなって思ったけど、さすがに『殺』はヤバいだろ」

「うん……。それより、あんたは大丈夫なの？」

「大丈夫だ。俺には、神がいるからな」

片桐は笑っていたけど、その口元は引きつっていた。

もう一度、クラゲの刻んだ文字を見つめた。

泣きながら壁に向かうクラゲを想像すると、胸が苦しくなった。


家に帰ると、ウララの姿がなかった。まだ明るいけど、六時半を過ぎている。もう一度自転車に乗り、走り出した。ウララの行きそうなところを手あたり次第に捜した。三十分ほど町中を走り回ったころ、わたしを追い抜いて行く一台の車に視線が行った。何気なくその車に視線を置いたまま、無言で自転車を漕ぎ続けた。車は、農道を左折し、しばらく進むと停まった。

白い車には男の人が乗っていた。自販機の前には少女が立っている。自転車を漕ぎながらその様子をよく見る。男が声をかけたのだろうか。少女が振り向いた。手足の長いその少女は、紛れもなくウララだった。

運転席から男が降りた。ウララの方へ近づいて行く。

わたしは、必死になって追いかけた。全速力で自転車を飛ばす。

「うららぁ〜」

声の限り叫んだ。ようやく車の後方十メートルまで近づいたとき、呼吸が止まるかと思った。

──あの男だ。

すぐにわかった。忘れるわけがない。

ウララがわたしに気づいて手を振る。男が振り返り、目が合った。思わず、目を伏せた。四年前に会った女の子だと、気づかれただろうか。

「こっちにおいで。早く」

「さっちゃん、どうしたの？」

「しっ……」名前を呼ばないで、と顔をしかめた。

男がわたしを見て、にやりと笑った。あのときと同じ顔だ。ぐっと奥歯を嚙んで耐える。男は何も言わず、車に乗り込んだ。諦めたような顔をしていた。

車が発進する。わたしは、がたがたと震える足を思いっきり叩いた。そして、しっかりと車のナンバーを記憶した。

「ウララ、何やってるの？」

「ジュース」と自販機を指さす。呑気な声にイラっとした。

「さっき、男の人と何話してたの？」

「べつに。何歳？　とかそんな感じ」

「他に何か話した？」

「えっとね、ドライブしないって誘われた。でも、自転車だしって言ったら、また今度ねって」

「何約束してんのよ。学校の名前とか教えてないよね？」

「言ったよ」

「あんた、バカじゃないの？」

全ての感情をぶつけるように、ウララを怒鳴った。どうしてこの子はわからないのだろう。知らない人の車には乗ってはいけないなんて、小さい子供でもわかるのに。

あの男がまだ生きていた。その事実がわたしたちの明日を暗くする。

＊

土曜日。明日の本番へ向けてみんなの思いが一つになる。

午前の練習が終わり、午後から総合体育館に移動してリハーサルが行われる。志帆は、お昼のサンドウィッチを頬張りながら明日の抱負を語っている。

「とにかく明日は、がんばろう。表彰台は無理かもしんないけど、最低でも入賞しよう」

わたしは、スマホの時間ばかりを気にしている。もうすぐ、正午になる。クラゲは、二時に来いと言った。遅れたら、いないとまで言い切った。あいつが何を思い、企み、そんなことを言ってきたのかはわからない。だけど、絶対に行かなくてはいけない使命のようなものを感じていた。四年前に助けてくれた仲間だからこそ、彼が何か困っているのなら、力になってやりたい。ぼんやりと、クラゲに纏わりつく不穏な影がわたしに襲いかかってくる。その正体がわからないから恐ろしい。

クラゲは、知っているのだろうか。あの男が生きていることを。事故に見せかけて殺したというのは嘘だったのだろうか。それとも、奇跡的に助かったということなんだろうか。そのことも含めて確認しないといけない。

「ねえ、志帆。今日って何時ごろ部活終わるかな?」

「毎年、リハーサルの時間押すからね。五時くらいだと思うけど、なんで? 用事?」

「あ、うん。ちょっとね。でも、大丈夫」

さすがに、この状況でクラゲの家に行くとは言いづらい。

十二時半になり、学校が手配してくれたマイクロバスに乗り込む。久留米市の総合体育館まで、高速を使い、約一時間かけて向かう。

バスの後部座席を、志帆たちが陣取る。わたしは、前方の窓側に一人で座った。予定表を見ながら、おおよそ何時くらいに終わるかシミュレーションしてみる。どう頑張っても、バスに乗るのは三時半だ。それから学校に戻ってクラゲの家に行ったら、五時近くになってしまう。それでは、間に合わない。

どうしよう。もうすぐ、バスが出てしまう。その前に降りなければいけないと焦った。

「すみません。お、お腹が痛くて……」

下手クソすぎる。言い訳も陳腐だ。

「大丈夫？」

一番に心配してきてくれたのは、やはり志帆だった。

「ごめん。どうしよう」

「ちょっと、降りよっか」

志帆に促され、バスを降りる。

「サチ、あんた今日ずっと変だよ。なんかあったの？」

志帆には、わたしの猿芝居がバレてしまったらしい。

「ごめん」

「隠し事しないで、なんでも言ってよ」

志帆の真剣な表情が余計に苦しくさせる。

「怒らない？」

「わかんない。内容による。ウソウソ。怒らないから言ってみ」

「クラゲのことが心配なんだ」

「それって、いつもの正義感とはちがうよね？」

「ん？」質問の意味がわからなかった。

「サチ、気づいてないかもしれないけど、それはきっと恋ってやつだよ」

「はあ？　なんでそうなるの」

「そういうことじゃなくて、クラゲが好きなんだよ」

「認めたら、行っていいよ」

「何よ。認めたらって」

「ほら、みんな待ってるんだよ。行くの？　行かないの？　どっち？」

志帆が急かしてくる。

「じゃ、好きってことでいい」投げやりに答えた。

「素直じゃないけど、許す。行きな」

わたしは、志帆にありがとうと言うと、バスに向かって頭を下げ、駐輪場へ急いだ。早く、クラゲのところへ行かなきゃ。早く、クラゲに会いたい。

わたしの胸の中のモヤモヤは、志帆の言う恋というやつが原因なのだろうか。いや、それだけじゃない。

ペダルを漕ぐ足に力が入る。助けたいと会いたいが入り交じる。

犬小屋に入れられたお地蔵さんに手を合わせる。神頼みではなく、地蔵頼み。『海月水産加工』の看板が見えると、自転車を降りた。LINEで着いたことを告げると、勝手口から入ってくるように指示された。ドアを開け、靴を持ち、台所へ入る。クラゲの部屋は二階にあるらしい。不法侵入者のような気持ちになりながら、やましくもないのに足音を立てないように、ゆっくりと階段を一段ずつ上って行く。二階には、ドアが三つあった。一番手前がクラゲの部屋らしい。どういう間取りになっているかわからないけど、とにかく広いことだけはわかった。

ドアをノックする。返事がないので、もう一度ノックした。やはり、反応はない。スマホで時間を確認すると、一時五十分だった。少し、早かったのだろうか？　そっと、ドアノブに手をかけた。鍵が開いていたので、そのまま開けるとクラゲの姿はなかった。

そのうち来るだろうと思い、中で待つことにした。窓側に勉強机があり、右が本棚、左にベッドが置かれたごく普通の部屋で、男子にしては片付いている方かなという印象だった。片桐のように、趣味全開の部屋ではない。規則正しく漫画や小説が棚には並べられている。あまり、うろうろしてはいけないと、ベッドに腰掛けて待つことにした。

二時を過ぎてもクラゲは現れない。イライラして、部屋の中を歩き回る。すると、机の上にノートが開かれた状態になっているのを見つけた。

そこに書かれた言葉に凍りつく。

〝ぼくを許してください〟

どういうことだろう？　あの男を殺したことへの懺悔だろうか？

ノートの前のページをめくると「死ぬまでにしたいこと」と書かれていた。
・お父さんとおばあちゃんにお金を返す
・片桐くんへの復讐（P．T．P大作戦）
・金髪にする
・おばあちゃんにプレゼントをする
etc.……。

と、ボールペンで書かれた後に、〝孤高の美少女読破する〟〝小笠原幸を安心させてあげること〟〝小笠原幸と水沢さんを仲直りさせる〟〝撮影中止〟〝屋上閉鎖〟と鉛筆で書き足されていた。おそらく、このリストが最初に書かれた時点では、わたしの部活問題は関係なかったのだろう。だけど、職員室で広子先生に「撮影をやめなければ部活をやめる」と訴えるわたしの姿を見て、クラゲはわたしが四年前の出来事を引きずっていることを知り、どうにかしようと考えた。有言実行ならぬ有書実行。クラゲの計画は、全てうまくいった。

他に何か書かれていないかとページをめくると、鉛筆でぐしゃぐしゃっと書き消されたものを見つけた。よく見ると、「サチコに真実を話す」と下に書かれていた。

真実って何？　他にもまだ何かあるのだろうか。

慌てて、電話をかける。すぐに、クラゲの声が聞こえて安堵した。

「今、どこにいるの？」

「ふへへ。サチコ、今日リハーサルなんじゃないの？」

「あんた、それ知ってて今日呼び出したの？」

「質問返しはルール違反だって前にも言ったよね」

「ふざけてないで、ちゃんと説明して。〝サチコに真実を話す〟ってどういうこと？」

「それは、こないだ話しただろう。ぼくがあの男を殺したって」

「そのことなんだけどさ……」クラゲに伝えるべきか迷った。もし、殺し損ねたことを知ったらどう思うだろう。殺した、と思っていた方がクラゲにとってはいいことなのかもしれない。

わたしがうろたえてもごもごしていると、クラゲがゆっくり訊いてきた。

「ねえサチコ、聞いてくれる?」

「うん」

「ぼくのお母さんはとっても厳しい人でさ、ぼくは、ちゃんとした大人になれるようにって小さいころから言われて育った。お父さんみたいな立派な人になりなさいって。勉強はもちろん、いろんな習い事もさせられた。よくいる教育ママって感じかな。ただ、ぼくがその期待に応えられないダメな子だったから、お母さんの厳しさはどんどんエスカレートしていってね。おまえは、ダメな子だダメな子だって、叩くようになって。お父さんは、仕事で忙しくて全然構ってくれないというか、気づいてるけど軽く注意する程度でさ。まあ、その辺はお母さんもうまくやってたわけだよ。で、ついに限界に達したぼくは家出を試みたんだ。それが、小五の夏。サチコと出会ったあの夏だよ。男に声をかけられて、自分からついて行った。あの部屋で過ごすようになって、三日目くらいにサチコが連れてこられたんだ。サチコは、勘ちがいしてたみたいだけど、ぼくの体にあった痣は、あの男から暴力を受けてできたものじゃないよ。お母さんから、叩かれたり殴られたりした痕だったんだ。お母さんは、自分の行為がお父さんや周りの人にバレるのを恐れて、捜索願を警察に出さなかったみたい。塾の合宿に行ってるって嘘をついてたんだって。まあ、そのときはそれで済んだんだけど、さすがにお父さんもぼくの体の異変に気づくようになって、お母さんを追い出したんだ。でも、新しいお母さんが来て……赤ちゃんが生まれて……。今度はお父さんがぼくを……」

クラゲの声は、震えていた。

痣の正体がやっとわかった。四年前はお母さんからで、現在はお父さんから。

わたしは、怒りと悲しみで唇を噛み締めながらクラゲの話を黙って聞いていた。

さらに、クラゲは続ける。

「あの日。サチコが出て行ったあとのこと、ちゃんと話してなかったよね。ぼくは、サチコが早く安全なところまで逃げられるようにと必死で男の足に食らいついた。だんだん腕の力がなくなって、もうダメだと思ったときに最後の力を振り絞ってふくらはぎに嚙みついた。男は、悶絶しながらぼくを振り払った。その拍子にいろんなものが落ちてきて、ぼくと男は下敷きになった。なんとか二人とも抜け出すことができたんだけど、男が急に咳き込み始めた。ヒューヒューゼーゼー苦しみだしてさ。あいつ、喘息もちだったんだろうな。吸入器を必死になって探してた。チャンスだ、と思ってそのまま逃げてしまった。だけど、そのことをいまだに後悔している。どうしてあのとき、息の根を止めておかなかったんだろうって。無理やり吸入器を奪うって方法もあったのに」

「逃げて正解だよ」

「逃げるというのは、許すことになってしまう。あいつは、サチコにとてもひどいことをした。絶対に許してはいけなかったんだ」

「ひどいこと……」

また思い出した。男に触られたときの気持ち悪さが甦る。

「あの男は、ぼくを利用したんだよ。最初から、あいつの狙いは女の子だったんだ。でも、ぼくが男の子だって気づいてからも、あの部屋に監禁し続けた。なんでかわかる？　暴力を振るわれた子供が監禁されてるっていう勘ちがいをサチコにさせるためだよ。おとなしくしないとおまえもこうなるぞ、ってサチコを脅してイタズラを強行した。それがどうしても、許せなかった」

「わたしはあんたを置いてけぼりにして、一人で逃げちゃったんだよ？　それなのにどうしてそこまで思ってくれるの？」

「あのとき、サチコがぼくのこと助けてくれたから」

「え？」

「あの男は、ぼくが女の子じゃないってわかってから、ろくにご飯もくれなくなってさ。喉は渇くし、お腹は空くし、不安で寂しくて。そんなときに、サチコが声をかけてくれたんだ。『大丈夫？』ってお水渡してくれて、『お腹空いてない？』って、おにぎり渡してくれた。サチコ明太子を」

最後にふへへと小さく笑ったのが聞こえた。

「そんなの助けたうちには入らないよ」

だって、わたしは一人で逃げたのだから。

「ううん。あのときのぼくにとってサチコは特別な存在だったから。家で虐待され、男に見放され、もう誰も信じられないって思ってた。そんなときに、サチコが優しくしてくれた。ぼくは、とても嬉しかったんだ」

あのときは焦っていてどんな会話をしたか覚えていない。

「ねえ、今どこにいるの？」

「内緒だよ」

「なんで？　わたし、あんたに会いに来たのに」

「ぼくも会いたい。でも、サチコに会ったら、決心が揺らぐから」

「決心って何よ？　あんた、なんか変なこと考えてるでしょ？」

「大丈夫だよ。もう、あの男はいないんだから。何も心配することはない」

「何が大丈夫なのよ。あんた言ったよね？　一度知ってしまったら、もう知らなかった時点には戻れないって。不可逆だって。わたしのこと、守ってくれるって言ったのは嘘だったの？」

「ごめん。もう、決めたことなんだ。全部やりきった。サチコ。幸せにね。さようなら」

そこで、電話は切られた。何度かけ直してもクラゲは出ない。スマホを握る手が震えた。

「イヤだ……。イヤだよ、クラゲ……」

どこにいるの？　どこから電話をしてきたの？　考えてもわからなくて、ただ焦って涙が出る。部屋の中を見回す。クラゲが他にメッセージを残していないか探す。

そうだ、音楽だ。こういうときは、神に祈るのではないだろうか？　ＣＤは、数えるほどしかない。深呼吸をして、クラゲの言動を思い出す。そういえば、神にはもう会えないと言っていた。クラゲの崇拝する神は、もう死んでしまってこの世にいないのだ。守ってくれるはずのおばあちゃんは入院。お父さんは、クラゲに無関心。それどころか、クラゲに手を上げている。死ぬまでにしたいことリストなんて作ってバカみたい。計画的にずっとこの日を待っていたのだろう。やっぱり、あいつは死ぬ気だ。

ぐるぐると部屋を見回す。そのとき、本棚の中に見覚えのある一冊を見つけた。『孤高の美少女』五巻。取り出して見ると、学校の図書室のシールが貼られていた。あいつが借りていたのか。

あれ？　たしか、全部読んだと言っていたはずだ。もしかして、わたしに読まれたくない何かが書かれているのか？　パラパラとめくってみるけど、メモが挟まっているわけでも、付箋が貼られているわけでもない。

最終巻のテーマは、一体なんだろう？　最後のページから逆読みしていく。

そして、なんとなくそうではないかと思っていた事実がそこに書かれていた。最終巻のテーマは、「自分への殺意」。

愛のため、お金のため、プライドのため、そして欲望の赴くままに罪を犯した少女たちは、最終的に自殺を計画する。

その方法に、主人公は凍死を選んだと書かれていた。あいつは、これを真似する気なのか？

こんな真夏に凍死なんてできるわけがない。まさか、わざわざ死に場所を求めて海外に行くとは思えない。そもそも、中学生が一人で海外旅行なんて行けるのだろうか？　考えすぎだ、と頭を振る。スマホを見ると、電話が切られてから十分が経っていた。

だんだん力が抜けてきて、ベッドに座り込んでしまった。勉強机の横に置かれたクラゲのリュックに目が行く。ふと、クラゲからもらった辛子明太子おにぎりのことを思い出した。

「サチコ明太子」

何気なくつぶやいて、ハッと気づいた。そうだ、家の隣は工場だ。業務用冷凍庫なら、凍死が可能ではないかと思った。急いで階段を駆け下りる。

——今度こそ、ちゃんとクラゲを助けなきゃ。

靴を履き、工場へ向かって走る。電気も点いていなければ、何の音もしない。従業員らしき人の姿もない。もしかして、今日は工場が休み？ わざわざ、その日を狙った？

頭が冴える一方で、不安はどんどん大きくなっていく。手遅れになる前にどうにかしないといけない。必ず、どこか鍵が開いているはずだ。ドアというドアを全部引っ張ってみるけど、全部鍵がかかっていてダメだった。裏に回ってみた。どうやら、工場は二カ所に分かれているようだ。そこで、南京錠が外れているシャッターを見つけた。ぐっと持ち上げて中に入ると、冷凍庫らしき扉を見つけた。シルバーの太いハンドルだ。その扉がわずかに開いている。

「ここだ」

重たい扉を開けると、オレンジ色のカーテンで覆われていた。冷気を逃さないためにあるのだろう。霜が張り付いて硬くなっている。そこを抜けると、一気に暗くなる。電気のスイッチがどれかわからず適当に押したけど、壊れているのか全く点かない。扉を全開にして、なるべく光が入るようにしてみたけど、カーテンがそれを邪魔する。

「クラゲ？　どこにいるの？」

足を一歩踏み入れるだけで、震えがくるほど寒い。息を吸うだけで体に冷気が侵入してくる。スニーカーの底が床に張り付く。

「クラゲー」

小刻みに足を動かすと、つま先に何か当たった。手探りでそれを確かめる。冷たい。薄暗くて寒いその部屋で、わたしはそれがクラゲであることを確信した。手のひらに伝わるジョリジョリした感触は、きっと坊主頭だ。

とにかく、外へ連れ出さなきゃと力が湧き上がる。腕をつかんだような感触がした。意識がないのか、とても重い。しゃがんだ状態でいるのだろう。服は、すでに凍ってパリパリに固まっている。腰を落とし、ズリズリと引きずって出口を目指す。無我夢中で引っ張り出す。もう、寒さで身体中の感覚はほとんどなかった。ようやく、外に出られたと安堵したのもつかの間、氷のように固まったクラゲを揺り動かす。

「クラゲ、起きて」

叫びながら、ほっぺたを叩く。

「クラゲ、クラゲ……。あんた、まだ死んじゃダメだよ。だって、あの男はね――」

クラゲは、体操座りをしたまま動かない。目を覚ませ……。あんたは、悪くない。死ぬな、生きろ、と願う。

体を温めてやろうと思わずクラゲを抱きしめた。

「大丈夫、大丈夫」と言い聞かせるようにつぶやく。

そのとき、わずかに鼓動を感じた。

おでこをくっつけると、うっすらと目を開けたクラゲが「ふへへ」と笑った。

＊＊＊

夏休みも残りわずかとなり、いつもと変わらない日常を過ごしていた。クラゲの自殺計画は、失敗に終わった。その翌日、わたしは何事もなかったような顔をしてコンクールに出場し、大した成績をおさめることもできなかったのに、やりきったことに一人満足し号泣した。志帆は、悔しいと唇を噛み締めていた。

あの日、二時に来いと指定してきたのに、部屋にいなかった理由をクラゲに尋ねると、すでに冷凍庫の前でわたしからの連絡を待っていたという。いざ自殺するとなると、怖くなったらしく、最後の賭けに出たという。わたしに見つかるようにわざとノートを開いたりなんかして。

『もしわたしが気づかなかったらあんたどうしてたの？』

『死んでたかも。ふへへ』

『ふへへじゃないでしょ』

『来てくれるって信じてたから』

ニュースではまた、新たな小学生の行方不明事件を伝えている。わたしは、それをなんとも言えない気持ちで見つめていた。

これで本当によかったんだろうか、と自問自答する毎日。だけどわたしには仲間がいる。イソギンチャクみたいな頭をしたクラゲという名の男の子。わたしは今恋をしている。たぶん、これはデートってやつなんだろう。クラゲのおばあちゃんが入院している病院へお見舞いに行った後、イオンモールで腹ごしらえをし、図書館で本を読むのがいつものコースだ。だけどもう、ロマンチックなことは起こらない。あの日、燃え尽きてしまったのか、クラゲは以前のぼーっとした冴えない男の子に戻ってしまった。

「なんかさ、おもしろいこと考えてよ」わたしは、クラゲに言う。

「例えば?」

「P.T.P大作戦みたいなやつ。あれ、けっこう楽しかったよね」

「ああ。またやる?」

「今度は誰をターゲットにするのよ」

なんて勝手なんだと自分で呆れる。

いつか大人になって、あの、事件にならなかった事件のことや、復讐と称してクラスメイトを陥れたことや、自殺未遂のことを、おもしろおかしく誰かに話す日が来るのだろうか。それとも、このまま一生沈黙を決めこむことになるのだろうか。それは、わたしにもわからないし、クラゲにもわからないだろう。

ただ一つ言えることは、守りたい誰かがいたから闘えたのだ。たとえそれが、裁かれるようなことだとしても、声を大にして言いたい。「わたしたちは悪くない」と。

遠くに夕日が見える。図書館からの帰り道、自転車で並走するわたしたちを追い抜いて行く一台の車に視線が行った。

「ねえ、サチコ。あのとき、なんて言ってたの?」

「またそれ? だから、覚えてないって。あんたを助けるのに必死だったから」

「いやぁ、頭のこの辺でいつも聞こえるんだ。〝あの男はまだ生きている〟って」

「もしそうだったら、どうする？」

わたしは、とんでもない言葉を発していた。答えは一つしかないのに。

「もちろん、殺すに決まってるじゃん」

「どうやって？　また、ペットボトルを使うの？」

「いや、今度は違う方法にする。もう、考えてあるんだ。絶対に見つからずに人を殺す方法を」

クラゲの背中は、夕日の眩しさで見えない。

「そんなのあるわけないじゃん」

わたしが煽ってしまったのがよくなかったのかな。クラゲは、足を止めて振り返った。

わたしも、自転車を漕ぐのを止めた。

「あの男は、まだ生きてるんだろ？」冷たいビー玉みたいな瞳で見つめられた。

「……」こくっとうなずいた。

「じゃ、やるしかないな。これ以上、犠牲者を増やさないために」

わたしに断る理由はなかった。

クラゲの計画は、とてもシンプルだった。手順は三つ。

一、スズメバチ捕獲器を作る（ググればすぐに出てくる）
二、スズメバチをタンブラーに移して冷凍（蜂は変温動物のため体温が下がると動きが鈍る。蜂の出し入れ時に刺されないように）
三、男の車に蓋を外したタンブラーを投げ込む（体温が戻ったスズメバチが男を襲う。アナフィラキシーショックを起こした男は今度こそ死ぬ）
「殺すのはぼくたちじゃない。スズメバチだ」

クラゲは冷たく微笑んだ。沈みかけた夕日がその顔を照らしていた。

不可逆。もう、純粋だったあのころには戻れない。

本作品は、二〇一九年五月に小社より単行本刊行された
『君の××を消してあげるよ』を改題し加筆修正しました。

双葉文庫

ゆ-10-03

青(あお)い棘(とげ)のジレンマ

2021年10月17日　第1刷発行

【著者】
悠木(ゆうき)シュン

【発行者】
箕浦克史
【発行所】
株式会社双葉社
〒162-8540 東京都新宿区東五軒町3番28号
［電話］03-5261-4818(営業部)　03-5261-4831(編集部)
www.futabasha.co.jp（双葉社の書籍・コミックが買えます）
【印刷所】
大日本印刷株式会社
【製本所】
大日本印刷株式会社
【カバー印刷】
株式会社久栄社
【DTP】
株式会社ビーワークス

【フォーマット・デザイン】
日下潤一

ISBN978-4-575-52508-3 C0193
Printed in Japan

小説推理新人賞受賞作

スマート泥棒

悠木シュン

パズルのように登場人物が繋がっていく人間関係と、一章ごとに増えていく相関図は一度読んだらもう一度読みたくなる。選考委員を唸らせたデビュー作！

双葉文庫

トライアンフ

悠木シュン

政治家の娘の誘拐事件と、二十年前の児童誘拐事件。二つの事件に関わりがある五人の告白から、思いもよらぬ真実が浮かび上がってくる。

四六判上製

背中、押してやろうか？

悠木シュン

連続する同級生の死は、事故なのか自殺なのか⁉ 親友の不登校、そして突然始まった「ぼく」へのいじめ。一体この中学校でなにが起こっているのか……。

双葉文庫

仮面家族

悠木シュン

母はわたしに詳細な日記を書かせると「助言」と称してやるべきことを命令してくる。〝新しい父親〟はまるで母の家来のようだ。母の狂気に隠された秘密とは⁉ 四六判並製

小説推理新人賞受賞作

ジャッジメント

小林由香

犯罪が増加する一方の日本で、新しい法律が生まれた。目には目を歯には歯を——。この法律は果たして被害者とその家族を救えるのだろうか⁉

双葉文庫

罪人が祈るとき

小林由香

いじめに遭っている少年は、相手を殺して自分も死ぬつもりでいた。そんな時に出会ったピエロが、殺害を手伝ってくれるという。感動の長編ミステリー！　双葉文庫